守護天使

水筑——著

我不怕死亡，但我害怕沒有我的日子，你會痛苦！
我想當你的守護天使，但我害怕從此你的記憶裡不再有我！

＊＊＊＊＊

據說願意一生只有一個伴侶的男人，與願意一生只有一個伴侶的女人是一比六。所謂「據說」當然是你喜歡的時候可以相信它，不喜歡的時候，就把它當成胡說。

我當然是喜歡這個數據的，甚至是非常喜歡。當我漫遊愛情遊戲時，可以覺得自己理直氣壯，當我抱著這個女人時，可以幻想著下一個女人，而絲毫沒有罪惡感。

我並不是不相信愛情，我只是不相信永遠；海水會蒸發，石頭會化爲塵泥，而歲月會消逝。

也許你會說愛是神聖的、或是說真正的愛是沒有條件、是永遠不變的。有一部分你可能說對了——愛，永遠不變，變的是你愛的對象，有時候你最愛的是一個女人，有時候是一輛車子或是一個職位，沒有人可以沒有愛還能快樂的活著。但是有一部分你說錯了，愛，絕對有主觀的條件，它只是有時候沒有什麼道理可講罷了！

所以我只相信我的眞理。眞理是：愛情是女人的全部，事業是男人的全部。

女人的愛是執著、男人的愛是佔有；有些人有條件的愛，而有些人愛有條件的！

這樣的話聽起來很弔詭，但如果你剛好也是個聰明、好學歷，一心想過不同生活的勞工階級的子弟，你就會發現我的眞理是顚撲不破的。

你爲什麼愛一個女人？因爲她美貌？風趣？富有？還是只是因爲她聰明有氣質？美貌、風趣，富有、氣質不都是她的條件嗎？你愛她的美貌與愛她的氣質有什麼差別？何者會讓你多愛她一些？

所以愛是有條件的，聰明、好學歷，加上一表人才，就是我的好條件，當我的律師執照到手的時候，我更是躊躇滿志、意氣風發。

這樣的美麗人生讓我自戀不已，如果沒有徐徐，如果沒有經歷失去，如果沒有那些如果……我會永遠相信我的眞理。

目錄

第一章

那樣的午後像潺潺溪流一樣輕柔，浪漫的雲隨微風飄蕩，空氣裡隱約藏著淡淡的玫瑰花香，校園裡罕見的幽靜。

一個女孩躺在老榕樹下大聲唸著鄭愁予的〈錯誤〉：「我打江南走過，……三月的柳絮不飛，……我達達的馬蹄是個美麗的錯誤，我不是歸人，是個過客……」垂肩的直髮有些散亂，輕佻的白短褲跟她的優雅有些不搭調，大眼睛裡則滿是迷惘。

這年頭還喜歡唸詩的女孩不多了，她們喜歡的是上網、上PUB、上攝影社拍寫眞。所以我多看了她一眼。

我馬上認出她是誰，她是趙徐徐，趙大深的女兒。

我有好一陣子沒見到她了，但無論隔多久，我仍能一眼就認出她來。

我不該停留的，但是我卻像著了魔似的走向她。

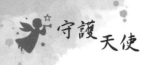

在我靠近她的時候，我根本來不及思索我要做什麼或說什麼，當她放下詩集疑惑的望著我時，我只能尷尬的停住腳步。

很奇怪，常常有某些事情在你需要的時候，就會自然的發生，現在我需要一個藉口，跟她說話的藉口。然後我就發現她白短褲的拉鍊正滑落一半。

「你褲子的拉鍊掉了！」我低頭俯視著她，刻意皺著眉頭。

她跳了起來，整個臉漲得通紅。

「我——」她一面拉上掉下一半的拉鍊，一面扯著白短褲捲起的褲管，企圖將它拉直。我欣賞的看著她嫣紅的臉，羞怯眞是女人的天然化妝品，它輕易就能粧點出女人的嫵媚。

「你好！我是程克南。」我說，仍然不太客氣的盯著她。

「我知道。」

「哦？」我有些訝異，我以爲她並不認識我的。

「我——我知道你，我——我國中就——認識你了，不！我是說我早就知道有你這個人。」她期期艾艾的。

「是嗎？」我努力讓自己顯得並不驚喜：「你叫什麼名字，爲什麼我不記得見過你？」

「我叫趙徐徐。」她略微垂下頭，長睫毛輕微震顫著。

「好特別的名字。」我蹲下身撿起她掉在地上的書，遞給她。

「我國中也跟你同校，你——在學校很出名的。」她鼓起勇氣看著我。

「那一種出名？」我泡馬子跟功課一樣行，我不知道她注意到的是那一種。

我注視著她，她羞怯的移開視線，竟似不敢再看我。看著她嫣紅的臉逐漸轉爲蒼白，我眞想告訴她我也早在八百年前就認識她了。

不過也許我不該長他人威風。

我彷彿又回到第一次見到她的時候。工廠的尾牙宴上，她穿一件白洋裝，安靜的坐在趙大深身邊，而我們坐在員工席上。我整晚偷瞄著她，第一次對滿桌佳餚視若無睹。她看也不看我們一眼，就像天邊的雲一樣遙遠而驕傲。是那種令人覺得遙不可及的冷漠激起我的佔有慾吧！雖然當時那個念頭只是一閃而過，然而卻總是在偶而的回憶中又上心頭。

現在想想，也許她當時不是冷漠，也不是驕傲，而是羞怯。像現在一樣！

「我聽過幾場你的辯論比賽，你講的很好。」她好像自在了一些，看得出她在尋找話題，我卻無意久留，只有傻瓜才會第一次跟女孩子見面，就滔滔不絕，急著把所有的話列印出來輸入對方的腦袋傳眞機。

我知道什麼時候該離開；毛姆不是說過嗎？到女人身邊要記得帶一根鞭子！毛姆眞是個天才，一言中的讓吾輩受用無窮，我不必經由實際作戰得到經驗，就已知道在男人與女人的戰爭中要如何凱旋而歸。

不過鞭子也許也並非必需品，偶而可以耍個酷，留給她一個不一樣的印象，相信效果是一樣的。換我做一次天邊的雲吧！忽遠忽近，若即若離。追女人以退爲進，比死纏爛打有用多了。

當然，更重要的一點是我約了楊修萍，而且我已經遲到了。

「很高興認識你！」我對她點點頭，即故做瀟洒大踏步離開。

「我——我讀哲學系，低你一年。」她在我背後加了一句。

我轉回頭對她揮揮手。

「我現在要出征！我現在要出征……」我在心底反覆唱著這兩句，一面對自己能夠這麼瀟洒眞是欣賞極了。她一定在背後凝望著我，揣測我的一切。看她望著我的眼神，我可以知道她對我的感覺，男人在這方面有時候也跟女人一樣敏感的。

「星巴克」擠滿了人潮，絕大部分是年輕人。楊修萍目光焦灼的望著門外，臉色有些難看，我想她一定等了一陣子了。

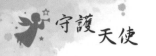

「嗨！」我擺了一臉的歉意。

「嗨！」她馬上原諒我，還甜甜的笑著。

「不好意思，路上遇見一位老同學，她硬是拉著我講話。」我可沒有完全說謊。

「沒關係，我反正沒事。」她優雅的掠一掠頭髮，「你要喝什麼？」

「冰咖啡。」我坐下來打量著她，她今天穿一件可以顯示是D罩杯的緊身T恤，只是不知道尺寸是寫實還是特效。

「要不要減糖？」她拿起皮包站起來。

「無所謂。」我喝咖啡不像交女朋友那麼挑。

「你等我一下下喔！」

「還是我來吧！」我作勢要站起來。

「你坐，你坐，我馬上回來。」她快步走向吧台。

我遠遠再度打量著她，她轉回頭對我輕笑著。

這是我們第一次單獨見面，她並沒有讓我去點咖啡，是她生性隨和，還是太不懂矜持了？我記得我最愛跟鄭進風玩的一個遊戲，就是由行動猜測男女感情的進展程度。比如在星巴克如果由男方排隊買咖啡，那麼一定是剛對上眼，如果由女方去排隊，那麼就算還沒有上壘也所差不遠了。

屢試不爽，眞的！

一會兒，她端著兩杯咖啡笑吟吟走向我。我看著她，腦海裡突然出現趙徐徐的影子，我摔摔頭，詫異的發現竟沒有辦法甩去！

不用說這一次約會當然草草結束，她顯得很不開心，我則歸心似箭，一心一意只想趕快回家規劃我的新戀情。

鄭進風是個冥頑不靈的人，他最不能忍受的是我交女友的態度，他常常說老天有眼應該讓我嚐嚐被甩的滋味。

「克南，你知道我最希望發生什麼事嗎？」他總是說：「我最希望有一天你發現你眞心的愛上一個女人，而她是個同性戀。」

我總是哈哈大笑，因爲我知道他倒是曾追過一個女同性戀，這件事常成爲我們茶餘飯後的笑柄。他當然死不承認。

我想追趙徐徐的事當然不能讓他知道，但他跟學弟妹一向來往密切，除了向他打聽，我實在找不到更好的人選。

「出來泡泡啤酒屋吧。」我先對楊正文下手。

「你請客嗎？」楊正文是個吝嗇鬼。

「當然，事務所打贏一件大官司，給我一筆小獎金。」我忽然慷慨起來，他會懷疑的。

「什麼時候？」

「晚上八點，別忘了順便約鄭進風。」

「三劍客怎麼可能少了他。」

唉！不只三劍客，他還約了楊修萍、何振國，我不禁為我的荷包感到哀痛。

「難得小程這麼慷慨，大家可別客氣。」楊正文眞是我的剋星。

「不好吧！都是學生，應該大家分攤吧。」還是鄭進風上道。

楊修萍先敬我，「這個週末有沒有什麼計畫？」

「快畢業了，想多看點書。」我迴避她的眼光。

我有點為我今天的目的感到不好意思，但是我又不想空手而歸。

「一面打工，一面上課很忙吧？」楊修萍當然不能理解我的心思，所以一直找話題。

「還好，四年級的課本來就比較少，何況事務所讓我彈性上班。」

「不考研究所了嗎？」

「我想等服完兵役再決定。」

「小程已經拿到律師執照，幹嘛還考研究所？」楊正文插嘴。

「那麼你也不準備出國去深造了？」楊修萍不理楊正文只專注的看著我。

我搖搖頭，故意轉開頭跟何振國乾杯，然後大家你敬我，我敬你的，吵成一團。

喝了兩杯啤酒，我終於想到藉口。

「有個三年級叫什麼趙徐徐的，你們聽過嗎？」

「就是那個外文系的系花嗎？」鄭進風果然聽過她。

「趙徐徐？」楊修萍皺起眉頭：「好奇怪的名字。」

「是啊！」楊正文跟著答腔：「古代的歌妓不都流行怪名字，像什麼陳圓圓、蘇小小、李師師。」

「那個趙徐徐我知道。」何振國說：「是哲學系，跟我妹同班。什麼歌妓，人家是個虔誠的天主教徒。而且溫和有禮，是個乖乖女。」

「你打聽她做什麼？」我的剋星又開口，「你想追她嗎？」

我故意輕描淡寫：「我媽跟她媽是舊識，上次我回家她媽媽拿個小東西託我帶給她。」

「什麼小東西？要不要我幫你轉交？」何振國倒挺熱心。

「這樣不太有禮貌吧？她媽媽還交代了一些話。」

「什麼話？要你多關照她？」楊正文永遠最敏感。

「那趙徐徐很漂亮。」鄭進風看著我：「不過不是克南喜歡的型。」

「怎麼說？」又是楊正文。

「太乖了，你會不忍心傷害她。」鄭進風意有所指。

「你們都別瞎操心，人家早就有男朋友了。」聽得出何振國嘴裡的遺憾。

我仍舊不死心，有一句沒一句的套問他們。

聽說她每個星期天一早都要上教堂，聽說她是全班成績最好的，聽說她的男朋友……

大家七嘴八舌，我每一句都記了下來。

＊＊＊＊＊

離我住處兩條街的小教堂在晨曦中顯得特別靜謐。

我雖然是個無神論者，但還是有點介意上帝知道，我爲什麼要在這樣的早晨，獨自來到教堂。

所以我的禱詞是這樣的：親愛的上帝及聖母瑪莉亞，請您赦免我的虛假，也請您赦免我的褻瀆，阿門！

果然如我預期的，在我經過她的時候，她馬上認出我。

「你好，程克南，還認得我嗎？」她有些驚喜，大概她以爲我是她的教友，而我剛好打聽出來，她的男朋友是個道教徒。

「你好，趙徐徐！」我也驚喜的看著她，我一向喜歡我的演技。

「你怎麼也這麼早來教堂？」她一路跟著我走出教堂。

我就是希望她這樣；不論是什麼理由，我都不希望在教堂裏面說謊。

「我想體驗一下在教堂冥想的感覺。」我回頭看著她：「你呢？」

「我來禱告，我喜歡獨自禱告，那讓我覺得與上帝特別親近。」

「你禱告什麼？祈求世界和平？還是賜你一個白馬王子？」

她漲紅了臉，這個時代這麼會臉紅的女孩已經少見了。

我停住腳凝望著她：「被我說中心事啦？」

「才沒有。」

「那麼早就有男朋友了？」我故意冉猜。

她雖然沒有一副此地無銀三百兩的表情，但是一百兩總有吧！

一隻類似西施的白色小狗搖著尾巴搖搖晃晃的走過來，全身髒兮兮的，看來又是一隻被丟棄的小流浪犬。

她蹲下身，撫摸著牠：「好可憐，媽媽呢？」

「也許在香肉店了。」我抱起小狗，牠在我手上微微顫抖著。

「牠一定很餓，你想房東肯讓我收留牠嗎？」

「我們一起發現牠的，我應該有一半的權利。」我說。

「那也應該有一半的義務。」她一臉認真。

「那麼走吧，我先盡我的義務，讓牠飽餐一頓。」

我們到早餐店買了牛奶，也順便買了我們的早餐，然後順路走回我的小窩。

一切都顯得很自然，好像我們本來就應該這樣做。

小狗將整杯牛奶舔得乾乾淨淨，然後滿足的在我們腳邊磨蹭。

我們合吃一份小披薩，她每吃一口，就丟一小塊讓牠撿食，然後整份披薩都吃光了，然後我們彼此望著對方。

她又臉紅起來。

「你住在這裡？」她問了一個蠢問題。

「不，我偷了一支鑰匙。」

她笑了笑。

「牠可以先住在這裡嗎？」

「你會盡你一半的義務嗎？」

「當然，一半義務、一半權利。」

「那麼——」我伸出手握住小狗的兩隻前腳，對牠說：「歡迎你剛成爲我的新房客。」

小狗巴結的舔著我的手心，好像知道牠的命運正繫在我手上。

「你猜，牠是男的，還是女的呢？」

答案是很容易揭曉的，我抱起小狗準備突擊檢查，想一想又放下去：「你不覺得我們該給牠一點隱私嗎？」

她忍住笑，又問：「給牠一個名字，沒有侵犯牠的隱私吧！」

「就叫牠披薩吧！」我望著牠滿嘴的碎渣，「那是我們給牠第一份愛的早餐。」

「披薩？」她撫摸著牠的頭，不經意碰到我的手，她難以察覺的顫動了一下：

「我，我該走了，我約了朋友看早場雷影。」

她看著手錶，掩飾她的慌亂。

「眞可惜，我以爲你會願意替牠洗個澡的。」

「晚上吧，晚上我會順便帶牠的晚餐過來。」

她匆匆走了，留下一屋子淡淡的幽香，那是一種蜜粉的檀香味，像酒一樣醉人。

晚上她沒有來，我假裝並不在意，我讓自己很忙；我重讀了一遍魯賓遜漂流記，還幫披薩洗了澡，然後仔細回想這個刻意安排的過程，我是否遺漏了什麼？

披薩是個意外的訪客，卻增加了過程的親和力，但是牠爲什麼沒有爲我的計劃加分呢？我是否高估了自己的吸引力，也低估了她與男朋友的感情？

淡淡的檀香味早散了，只留下一股奇異的寂靜，在爽然若失的心情下，我寂寞的進入夢鄉。

單身學生養狗並不適宜，我抽了空將牠帶到張凱梅家。

張凱梅是我過去的女朋友，我們雖然分了手，但她還是一直想回到從前，我則是在青黃不接的時候，偶而也會感到寂寞難耐，所以我們還是藕斷絲連。

張凱梅、陳思柔、高映慈……我換女朋友就像換衣服，剛開始的時候，我覺得我似乎是眞心喜歡她們的，抱著她們顫抖的身軀，我也曾激情難遏，但是不知爲什麼，我總是會忽然倦了，膩了。是我天生喜新厭舊，還是我不夠愛她們？又或者是因爲我最愛的始終是自己，總覺得我值得得到一個更好的女人？

第二章

我以爲她已經忘了我，然後她又忽然出現了。

「我——我來盡義務，順便確定我的權利。」提著狗食罐頭的手顯得有些不勝負荷。

我接過她手裡的提袋，心裡開始後悔，爲什麼要將小狗送走。

「披薩呢？」她的眼睛在門後搜尋。

「寄放在一個朋友家，我要上課，還要到事務所打工，沒辦法一直照顧牠。」

「噢！」她顯然很失望：「你說過我有一半的權利。」

「你也有一半義務。」我提醒她：「那天晚上你並沒有履約。」

「我跟我朋友出了車禍，他直到今天才出院。」

「很嚴重嗎？你呢？你要不要緊？」

「我不要緊，不過他的腳上了石膏，得拿三個月的拐杖。」

我鬆了一口氣，只是上石膏，很快就又生龍活虎的。我可不想趁人之危，我也不想跟一個跛子競爭，我不喜歡勝之不武。

「披薩寄放在那裡？我可以去看看牠嗎？」

「我得問看看主人在不在家，不過，你跟拿拐杖的朋友請過假了嗎？」

「我想做什麼事是我的自由，我不認爲我該得到誰的同意。」她明顯的不悅。

哦？這表示什麼？我跨近一些了嗎？

「走吧，我也不認爲我們去看我們的小狗，需要主人在家。」

張凱梅的家在景興路上一棟公寓的一樓，前面還有一個小庭院，在寸土寸金的台北，算是很好的環境。

她果然不在，張媽媽開的門，她狐疑的打量著趙徐徐，大概在揣測我們的關係吧！

經過數日的調養，披薩不但健康，而且顯得精神奕奕。

「我可以養牠嗎？」渴望的眼眸，竟讓我感到沈醉。

「我還可以擁有一半的權利嗎？」

「當然，一半權利，一半義務。」

「那麼走吧！你還猶豫什麼？」

回程她出奇的沉默，眉頭輕鎖著，彷彿受了感染，我也感到莫名的輕愁。第一次，我對女人感到患得患失。

她的住處比我的寬敞多了。衛浴齊全，還有個可兼備廚房的小客廳，我說呢！有錢還是有很多好處的。

她幫我泡了咖啡，然後抱起披薩坐在我旁邊。

濃郁的咖啡香瀰漫全室，四周是奇異的寂靜，我們彷彿可以聽見彼此的呼吸聲，她輕撫著披薩的手也彷彿正拂在我的心口，我忘了我們才第三次正式見面，我以爲我們認識一輩子了。我忘情的將手放在她的手背上，輕輕撫摸她的手背。

她驚慌的抽回手，差點打翻了咖啡杯：「我——這咖啡很香，你應該試試。」她順勢端起咖啡，端著咖啡的手卻在微微的發抖。

我難堪的端起咖啡一口喝完：「夜深了，我該走了。」

她跟在我身後，一副不知該說什麼的表情，我對她揮揮手，我也不知我該說什麼，我只好說：「再見！」

＊＊＊＊＊

回到租來的小窩，我頹喪的躺在床上，好像一切又回到原點，腦子揮不去的，卻是那朵漂流的雲……

敲門聲打斷了我的沉思，是張凱梅。

「你是什麼意思？要帶走披薩也不告訴我一聲？」她一副興師問罪的表情，她很少用這樣的語氣跟我說話。

「我早說過只是寄養，牠的主人遲早會來帶走。」

「牠的主人是誰？你的新任女朋友嗎？」

原來這句話才是她來的重點，我太熟悉她了，光聞呼吸聲就知道她要的是什麼。我將她拉進來，滾倒在床上，然後含著輕蔑吻遍她的頸臉，企圖將剛剛所受的挫折，一股腦發洩在她身上。

她緊抱著我熱烈的回應著，指甲幾乎陷進我背部的肌肉裏。我的慾念很快被引燃，我駕輕就熟的褪盡她的武裝，橫在我眼前的是熟悉的溫柔春光。我讓自己沈浸於春光中……但在情慾激盪中我仍不忘告訴她：「我們只是在做我們都愛做的事，沒有責任，也沒有任何承諾，ＯＫ？」

「你眞是個混蛋！」她咬牙切齒，卻沒有放鬆對我的擁抱。

女人就是這樣，爲了愛什麼都可以不在乎，包括自尊！

而我，也許眞是個混蛋，但至少我是個誠實的混蛋！

＊＊＊＊

有好一陣子，我告訴自己不要再想她，花太多時間追求一個女人，實在不符合經濟效益，但當在校園裡看到她跟那個拄著拐杖的傢伙走在一起時，我又動搖了。

就在圖書館的門口，他不知在跟她說些什麼，她注意聽著，竟沒有發覺我正擦身而過。

我很懊惱，那個愣頭愣腦的書呆子，他憑什麼比得上我？

我該就此放棄她嗎？

一天夜裡，我終於忍不住在下班的時候，走向她的住處。

她正送他出來，我站到暗處，直等他走遠了，才去敲門。

「忘了什麼嗎？」她打開門，看見是我顯得很意外，「我——我以爲，我以爲——」

「你以爲我不會再出現了，是嗎？」我替她說，看得出來她很高興我的來訪。

「是的，」她看著我，臉色變得有點蒼白。

「別忘了我有一半的權利在這裡。」

「一半權利，一半義務。」換她提醒我。

「所以我來盡我的義務。」我揚起手中的狗食罐頭及順路買來的魯味。

「進來吧！」她又泡了咖啡。

「你很喜歡喝咖啡？」

「是的，不過魯味該配酒，我有一瓶梅酒，是我小姑姑自己釀的，要不要嚐嚐看？」

她拿出酒，替我倒了一杯。我們對看著，聞著濃郁的咖啡香與淡淡的梅酒香，她的臉又泛起紅潮。

「我剛剛遇見李建仁，怎麼那麼久了，拐杖還沒取下？」

「快了。」她端起咖啡喝了一口，然後蹲下身抱起披薩放在我身上：「你瞧，牠長得好快。」她明顯的不想談他。

但是我想談，我好奇得要命，我想知道他們的感情到什麼程度了。是還在暖身，還是已經揮棒？又或者已經上壘得分了？

我喝了一口酒，正想再開口，她已經站了起來：「走吧，披薩該上廁所了。」

就這樣我開始每天盡我的義務。

我們總是一邊溜狗一邊聊天，我們談童年、談過去，談將來，就是沒談到感情。我們總是刻意避開它，好像它正躲在深宅大院內，誰也沒有勇氣打開那道藩籬跨進去。

披薩的廁所在馬路上，她每天拿著報紙跟著我，只要牠拉下大便，她即包上帶回。

「馬路上流浪狗一大堆，隨處大小便，會差你這一小團嗎？」一開始我很不習慣這麼守法，我也知道這個社會病了，人人都是便宜行事，但人是有劣根性的，一但你習慣了錯的行爲，你就會忘了它是錯的。

「流浪狗我無能爲力，但如果每隻家犬都在馬路上便溺，馬路很快就會寸步難行。我看過有人義務替流浪狗清理排泄物，你想，我們好意思增加他們的負擔嗎？」

我細看著她，就好像我在看論語或聖經。人生的大道理我都知道，人生的小道德我也明瞭，但是一個喜歡唸詩，喜歡上教堂，喜歡遵守生活禮儀道德的女孩，卻讓我感到不可思議，我以爲好久沒有人在意這些了！

＊＊＊＊＊

我不是個很有耐心的人，尤其是追女孩子，陪著她溜了一個多月的狗，我竟連她的手也沒摸到，這件事如果讓楊正文與鄭進風知道，一定笑破了肚皮。

我決定改變作戰方式——沒有追不到的女人，只有不懂得作戰藝術的男人。如果你一直投直角球，忽然來一個變化球，嘿嘿！包管對方揮棒落空！

週五，溜完狗，我不再紳士的告辭。

「也許我們該去一些不一樣的地方。」我說。

她連猶豫都沒有，更別說推辭，我早該這麼做的，柏拉圖式的交往早已被淘汰，每天做同樣的事，走同樣的路，怎可能擦出愛的火花？於是我帶著她幾乎蹓躂了半個台北市。

然後我們在我住處附近的啤酒屋歇腳。

我叫了生啤酒。

「我不會喝酒。」她怯生生的，沒有披薩擋在中間，她的羞澀顯然又回來了。

「很簡單，拿到嘴邊倒進去，就行了。」我立刻示範。

她噗嗤一聲笑出來：「我是說我酒量很差。」

她酒量果然很差，才半杯，就幾乎舌頭打結。

「小姐，酒量差，也沒差到這個程度。」我按住她的手。不想讓她再喝。

「你喝多少，我就喝多少，別忘了男女可是平等的。」她酒量還沒學到，倒先學會了酒膽。

「男女平等，酒量可不平等，知道我是誰嗎？」

她愣愣的看著我：「你不會是想告訴我，你是大陸來的間諜，或是臥底的警察吧。」

「我只是想知道你還有幾分清醒。」

「剛好夠知道你是誰。」她直視著我，帶著點挑戰意味：「對你來說，我只是你的合夥人，是不是？」

她從沒有這樣子，是酒精給她勇氣與熱情吧！

「沒有商業利益，不算合夥人，我們只能算是共同管理人。」我放開按著她的手說。

我替自己再倒了一杯酒。

「我呢？對你來說，我還有別的意義嗎？」我問。

她端起剩下的半杯酒，一口一口慢慢喝著，她是不想回答，還是不知道怎麼回答？氣氛有些詭異，她不知在想什麼，我則在揣測我在她心中的份量，是否已超過那個上了石膏的傢伙。

「有很多人相信宿命，」她放下酒杯凝望著我：「但是我們怎麼判斷什麼是我們的宿命？離開還是留下？得到還是失去？」

「宿命論其實是我們想逃避或亟欲追求的反射想法。很多事情我們可以控制的，如果我們放棄抗爭，又羞愧於承認失敗，歸咎於宿命是很好的托詞。而有些事情我們原本不必強求，我們卻鑽營爭取，又羞於承認貪婪，歸功於宿命，更是很好的說詞。」

「所以——」她垂下頭近乎低喃：「失敗的經營者，錯誤的決策者及出軌的戀情，都可以歸咎宿命。」

我喝著我的最後一杯酒，思考著她的話，我不是個慣於文謅謅談話的人，我喜歡行動，喜歡追逐，喜歡直接了當！但是她帶著點憂傷與歉疚的神情讓我不知不覺融入她的情緒。

我從來不相信宿命，我覺得命運掌握在自己手裡，要不要追求這個女人，要不要喝完這瓶麒麟一級棒生啤酒，或者要選讀什麼科系，要從事什麼工作，全都是我的自由意志，絕對跟宿命無關！

「只有喜歡逃避責任的人，才相信宿命說。」我告訴她：「要忠於自己，服從自己的意念，抗拒只會增加過程的痛苦。」

我相信她正困惑於進退之間，我也是；我懶得長期抗戰，但又不甘心就此放棄，她異於我前些女友的某些特質深深吸引我，人都一樣賤，輕易獲得的，就不珍貴了！

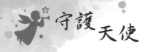

我送她回家的時候，她已經步履蹣跚，我半抱著她上床，如果她清醒一點，至少是剛好知道我是個會想要什麼的男人，那麼對她調情我會心安理得。但是她毫無戒心，像個嬰兒般乖巧的躺著，我只好只親親她的額頭，紳士般把她留給我們的管理物——披薩。

差強人意的是我總算碰到了她的手，還親了親她的額頭。

第三章

溜狗的日子變得有些奇異，我們彷彿更加親近，又彷彿互相產生戒心，深怕誰先誤踏入那道藩籬，破壞了我們刻意保持的寧靜。

想來她對那晚並非毫無記憶。只不過我不知道她對我的紳士態度，是否如我般懊惱！

如果那晚我請求芝麻開門，我會看到什麼？我們還會像這樣只是進展到手牽手嗎？我說過我沒有很好的耐心，我決定探詢她的底線在哪裡。某個告別的夜晚，我突然將她抱入懷裡探索她的唇。她沒有掙扎，或者說她不知道該如何掙扎。

她整個人都僵住了，眼睛睜得大人的，呼吸聲粗重可聞，上下牙還緊緊的咬住，我根本不得其門而入，只好草草結束。

這就是我們的初吻！

但那次後，她開始變了，好像身上有某個地方被喚醒了，她會主動牽我的手，偶而還把頭靠在我身上。

但我卻不再碰她，女人雖然是被動的，但你一起了頭，她會開始有所期待，我樂意讓她等待，她等得越久，期待越多，越會被我所迷惑，等我再次出擊，她就任我予取予求了。

我們就這樣帶著莫名的喜悅，沈浸在彼此窺伺的期待中。

我開始忘了李建仁的存在。

但是他又忽然回到我們之間。

「明天我不能陪你去溜狗。」她說，帶著難以察覺的不安，我還是感覺出來了。

「爲什麼？」

「明天我朋友拐杖要拿下來了，我答應陪他吃飯看電影。」

哦？原來是這樣，我還是老二，是別人不方便行動時的代替品。

我無法形容自己此刻的心情，是夢裏不知身是客嗎！

「我——我可以不去，如果你不要我去，」她有些困惑：「不過我好久沒見他了。」

「你想去就去，做你自己想做的事，不就是你一慣的論調嗎？」

我其實有著賭氣的成份。

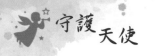

「但是你希望我去嗎?」

「我的希望重要嗎?現在該考慮的,是你的希望吧!」

她還是去了。

那天晚上我沒有去溜狗。

第二天、第三天我也都沒出現。想來她拿著報紙跟的,換了他吧!

我說過追女人以退爲進比死纏爛打有用多了,女人如果要走,別說四條大繩綁不住她,恐怕連一百二十噸的吊車也吊不回來,所以我決定讓自己瀟灑一點,至少是看起來瀟灑一點。

壓馬路的時候碰見了黃勝雄。看我無所事事的樣子,他忍不住誘惑我:「走吧!帶你去一個地方,只要拿著旗子跟著喊話,有便當,還有一千塊的動員費。」

我搖頭,他是台標準的機車,又喜歡搞政治,我們並不怎麼搭調,我們只是碰巧有兩個共同的好朋友,又碰巧在同一個社團。

「讀法律卻不搞政治,不太單調嗎?走嘛,我介紹你認識一些知青黨部的朋友。」他還眞是熱心。

我還是搖頭,我不太有心情,而且我覺得搞政治不比娛樂,自己喜歡就好,政治是更深奧的東西，需要全然的投入與認同，而兩者我都欠缺。

他聳聳肩走了，我則無聊的逛進校園。

幸好我沒去賺那一千塊的動員費，因爲在我經過圖書館的時候，她終於出現在我的面前。

「你並沒有再來盡你的義務。」她幽幽的。

「我以爲你希望我忘了。」我望著她，試著讀出她眼眸裏的心思。

「你在生我的氣，對不對？」

「沒有，我晚上會去溜狗，如果你希望我去。」我提出條件：「但是你現在得陪我去吃午餐。」

「可是，我——我約了朋友。」她面有難色。

那個朋友在轉角處，正走了過來。拿掉了拐杖，倒人模人樣的。

「你可以告訴他，你臨時有事，」我不忘給自己保留一點自尊：「不過如果你不想去，我可以諒解。」

「走吧！」他走到跟前對她說，眼睛卻看著我。

「我——我臨時有事。」她看了我一眼，鼓起勇氣說。

「什麼事？不能吃完飯再辦嗎？」

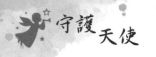

「吃完飯就不行辦了。」

嘿！嘿！好貼切的說法，誰會同一天吃兩次午餐呢？

「那麼我先陪你去辦事，辦完，我們再一起吃飯。」他耐著性子說。

他是白癡還是厚臉皮，沒看到我正等著嗎？

我們一起看著她，這裡好像變成一個臨時的角力場，我心裡暗暗決定，只要她現在跟他走了，那麼我就從此對她死了心。

「我——」她支吾著。

我走遠了些，如果她要抉擇我不想給她壓力，如果她要說謊，我不想讓她難堪；我發現有時候我也是很人道的。我想他們很快就有了共識，因爲她馬上臉若春花的走向我。

那天中午是我最快樂的午餐，不只是因爲勝利，也因爲這再度印證一個事實——上天是最眷顧我的！

我總是心想事成，我總是一帆風順，我以爲這是我應得的，我忘了要心存感激，如果我知道有一天我也需要抉擇，也要面臨失去，那麼我會惜福，會知道該珍惜我現在擁有的。

我沒有問她那天是怎麼跟李建仁說的，她也從不提起。

他好像從此遠離我們的生活，而我們也眞正跨越那道藩籬，感情開始明朗化。

其實我並不介意有一個情敵，那增加事情的難度，也增加了成就感。征服的過程遠比征服的果實更讓人陶醉。男人爲征服而生，爲勝利而活，女人，則成了戰利品。

而此時我的戰利品正偎在我的懷裡，她的肌膚白皙柔嫩，挺直又光滑的雙腿讓我心盪神馳。

如果——我撫摸著她的雙腿，心裏閃過一個念頭，如果那天摔斷腿的是她，如果她的腿不是上石膏可以好的，那麼，我會如何？我還會想要她嗎？我很慶幸她的雙腿是完好的，我不認爲我經得起考驗。

「幸好那天摔斷腿的不是你。」

「我有守護神保護著。」

「守護神？」

「是的，每個人都有自己的守護神。從小我就常感覺到他的存在，他總是在我危險的時候保護我；那天也一樣，昏迷中我好像聽到我的守護神在喚我，我突然醒了過來，剛好躲過迎面而來的卡車。」

「你的守護神？李建仁的守護神呢？打瞌睡了嗎？」我嘲弄她，我不知道她也迷信。

「他也有守護神保護，機車撞得稀巴爛，他卻只上了三個月的石膏。」她嚴肅的看著我：「不要拿天使開玩笑。」

雖然子不語怪、力、亂、神，但如果大多數的人都相信有上帝，有菩薩，那麼我只好贊同有守護神也不是太誇張的事。

不過我不明白的是只有十字架下的子民才有守護神呢？還是天下蒼生皆得眷顧？

我繼續撫摸著她的腿，不再說話。

「在想什麼？」她把頭擱在我的胸膛上。

「想你！」我說，然後找尋她的唇。

「我就在你旁邊，幹嘛想我？」她仰起頭，我的唇印正好落在她柔嫩的頸上，她顫抖著，柔軟的胸部因爲緊張而急劇起伏。

我繼續找尋她的嘴唇，她雖然還是生硬的回應著，至少不再咬緊牙關，但是眼睛依然睜得大大的。我溫柔的蓋住她的雙眼，我敢打賭李建仁一定從沒有吻過她，他恐怕連她的手都沒碰過呢！

「李建仁像這樣吻過你嗎？」我放肆的吻著她。

「沒有。」她漲紅了臉。

我不禁感到懷疑，她好久沒有臉紅過了。

「我不信。」我抓住她的手環繞到我背後，讓她緊貼住我，然後我的手拉下她胸前的拉鍊。

「不要！」她想按住我的手，我已拉下她的上衣，褪下她的裙子。她的顫抖的身軀激起我最原始的渴望，她白玉般的胸膛讓我血脈賁張，我的手忍不住在她身上恣意的游移。

「不要！」她微弱的掙扎著。我並不理會。女人都是這樣，就算要，她也會說不要，明明已經意亂情迷，她還是要掙扎抵抗。

而且我自己也已經水深火熱，我開始解開我的衣服……

她不再掙扎，卻開始低聲哭泣，晶瑩的淚珠一顆顆滾下來，又無力的滴落在床單上。

我錯愕的停住手，從沒有女人在這種情形下拒絕過我，追女人我向來是得心應手，手到擒來，有時候她們甚至比我還投入，這是我最自豪的。

我突然的停住動作，她也感到意外，她愣愣的看著我，竟忘了哭泣。

我看不出她有任何意亂情迷的樣子，我拉上她的上衣，將裙子蓋在她身上，然後沉默的穿回我的衣服，

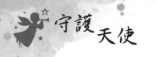

「你——你生氣了嗎？」她擔憂的看著我。

「沒有。」我悶著聲音。我確實沒有，我只是——我也不知道我只是什麼，我只是難堪吧！

「我聽說——我聽說男人這樣子停下來會很難過。」

「你還聽說什麼？」我吻吻她的臉頰，站起來。

這樣子停下來確實難過，但沒有難堪那麼難過吧！

＊＊＊＊＊

第二天我整天留在圖書館裏找作業的資料，其實我有點想懲罰她的意思，我只是自己不願承認。

我當然沒有去溜狗，我直到很晚才回去。我的房間燈亮著，她在裡面等著我。看到我，她的臉又泛起潮紅，就像我們第一次見面一樣。所不同的，是這次我們早已熟悉了彼此。

「這麼晚了，你怎麼還在這裡？」

「我仔細想過，」她低下頭，聲音低得像耳語：「雖然我覺得應該結婚的時候再做，但是如果你要，我——我也不再反對。」

我看著她，她的表情嚴肅，聖潔，就好像她是在——奉獻。

情愛是作樂，是一種歡愉，如果她像獻祭，她必定認爲她是在犧牲，天可憐見，我怎能享受她的犧牲？

「聽我說，」我靠在門邊盯著她：「不要做你明天早上醒過來會後悔的事。」

我很少這樣心懷慈悲的，這算日行一善嗎？

「我不會後悔，我這一輩子跟定你了。」

很多女孩跟我說過這句話，尤其是在上床的時候。但是我會告訴她們，我不做承諾！

我眞的不做承諾，一輩子太長了，長得超出我的能力。

但是該死的，此刻我竟說不出這句話！

看我沒動作，她逕自脫下衣服，細心的折好放在床邊，然後閉上眼睛緩緩走向我，就好像她正在走向——祭壇。

她的誘人的身軀原是我所渴望的，此刻竟讓我有褻瀆的感覺。

她慢慢解開我的上衣，除下我的長褲……我喜歡征服女人，我喜歡脫下她們的衣服，看她們在我懷中掙扎，看她們在我懷中意亂情迷；更喜歡猜測她們是因爲興奮，還是因爲緊張而發抖！第一次有女人這樣脫下我的衣服，第一次我爲自己的赤裸感到羞赧。

從沒有男人能拒絕得了誘惑，她的光滑緊實的胴體像蛇一樣緊緊纏住我，她身上特有的檀香味就像發自催情的蔓陀蘿，我很快沈浸在狂野而醉人的情慾中……

她的眼淚又滴了下來，像冰冷的雪球澆上熾熱的火焰，我一下子淸醒過來。

「你怎麼了？」我擦掉她臉上的淚水。

「我很害怕。」她抽抽噎噎的。

「害怕什麼？」

「我不知道，我就是很惶恐，我覺得有罪惡感。」

我翻起身吻掉她臉上的淚水，然後慢慢替她穿上衣服。

「不！」她拉住我的手：「我想成爲你的人。」

「不一定要用這種方式。」

「但是，你會因此離開我嗎？」

我搖搖頭，我知道不會，但是我不做承諾，不是因爲我沒有佔有她，而是因爲我的原則。

第四章

因爲第一次我沒有告訴她我不做承諾，第二次就更難開口，而現在如果我說了，就等於是在提議：我們分手。

而我還沒準備要跟她分手，也還沒準備好可以不愛她。

但是儘管我有一籮筐的理由告訴自己，她就是我夢寐以求的伴侶，我還是沒有辦法認爲自己只屬於一個女人，後面可能還有更大的石頭，我怎能爲了一棵樹而放棄一座森林？

不過沒有人會爲了一段還沒出現的戀情而結束舊的，我只是認爲我值得一個更好的女人，但是那個女人畢竟還沒有出現。

我盼望著另一段戀情，徐徐卻盼望著跟我長相廝守，我們作每一對戀人會做的親暱動作，除了做愛！那是她的底線，她跟上帝的約定。

我一面沉浸在純純的戀情裡，一面卻已開始有些懷念從前枝迎南北鳥，葉送晚來風的日子！

這就是男人與女人的差別，女人的愛是執著，是無悔！啊！男人卻是天生的賤骨頭。

「我媽媽想看看你。」徐徐不只一次說。

「我有什麼好看？」我不只一次推辭。

她發火了，給我下了最後一次通牒：「只是見見我媽媽，有這麼難嗎？你到底有沒有把我擺在你心上？」

然後她一連三天對我不理不睬。

然後我急了，然後我告訴自己：只是見見她媽媽，我又不是見不得人。然後我們在某個週末一起回到高雄！

「這是我媽媽。」徐徐說，大眼睛眨呀眨的。

「趙媽媽好。」我必恭必敬。

「媽，他是程克南。」這次一臉得意，想來她在趙媽媽面前曾對我大力美言。

上帝用一根男人的肋骨創造了女人，所以女人本來就是屬於男人的。如果沒有男人，她們只是一根無足輕重的肋骨。

我的母親就是標準的肋骨，她比古人所說的傳統還要傳統，從小到大，我沒看過她有自己的意見，她總是盡職的扮演妻子與母親的角色。我以爲女人都是這樣，當她成爲男人的妻子後，她就不再爲自己而活。

但我知道上帝在創造女人時，一定也偶而會錯加了什麼，有的女人絕對不只是男人的肋骨。她們不只是也爲自己而活，她們還左右男人。

趙媽媽就是一個好例子，她不但掌握經濟大權，還發號司令。她對自己自信，對女兒更是滿意。所以當她看著我時，我知道她心裡一定在想：這個除了外貌還可以的男人，到底還有什麼地方配得上我們家徐徐？

趙媽媽！你不知道，我知道：當二十三年前西伯利亞一群候鳥南飛的時候，帶動了萬事萬物的陰差陽錯、環環相扣，以致有了徐徐有了我，也註定了我們生死糾葛的宿命（現在我開始相信宿命了嗎？）；就像北京那隻蝴蝶振翅一飛，竟引起美國南方小鎮的男孩因爲花粉過敏，而打了一個噴嚏。看似天南地北，實則息息相關！

「媽，克南已經考上律師執照，有好幾家律師事務所等著他畢業去面談呢！」徐徐不忘抬高我的身價，事實上後面那一句是她擅自加上的。

趙媽媽總算對我另眼相看，那天晚上我儼然是趙家的座上賓。

誰說愛情沒有條件？不過他們既然看上我的外貌與前程，那麼我看上她的美貌與小有資產，就不會覺得太抱歉！

「找個富有的老婆，可以少奮鬥二十年！」這是我常掛在嘴裏的話。

「你那少奮鬥的二十年，剛好用來應付你那只有刁鑽或是銅臭味的老婆。」鄭進風不以爲然。

「說不定還要加上二十年的精神輔導。你這樣功利掛帥，絕找不到好女人，就算有幸遇到了，你也會擦肩而過。」楊正文也如是說。

楊正文是楊修萍的堂哥，也是我前女友高映慈的現任男友。高映慈就是他認爲我擦肩而過的女人。

楊正文你不了解，我在心底偷偷告訴他：我們沒有擦肩而過，我們上過床，而我心底明白她不是我想要的女人。

你們太不了解女人了，女人只能寵不能愛。男女之間就是這麼一回事，誰在乎誰痛苦，你一軟弱她就得寸進尺。

你要讓她們習慣聽話，習慣多愛你一些，你絕不能比她在乎你還在乎她，否則你就得一輩子任她左右，受她控制！

我一生都要信守這個原則——我對自己承諾！

＊＊＊＊＊

徐徐雖然表面柔順，其實她也有固執的一面。只不過她固執的部分都只是一些無傷大雅的堅持，像泡咖啡就是其中一樣！

不管我們多麼趕時間，沖上熱開水後，她一定堅持要等兩分鐘才肯加上糖與奶精，然後再等兩分鐘才肯開始攪拌。

「咖啡性活潑，你馬上攪動它，味道就會變酸了。」她說。

果然她泡的咖啡總是比外面的速食咖啡香醇好喝。

我可不在乎她怎麼泡咖啡，反正費事的是她，我已習慣她的伺候，習慣讓她多愛我一些。

她還有一項堅持，可就影響到我的樂趣。

每個星期六的晚上七點二十分，她一定要等在巷口，好將她一個禮拜裏收集好的回收品，交給環保回收車收走。這表示我們無論是要看電影，還是聚會、吃飯，一定要在七點二十分以前回來，或是七點二十分以後才能出去。

「你這麼一點東西能影響多少？別人還不是一樣垃圾照丟？」我總是抗議。

「我能做多少算多少，只要有一點點成績，就是我的收穫，只要能影響一個人，就算是我的成就！」

她真的身體力行，每個同學的報紙、寶特品，甚至舊衣服都在她的收集之內，大家都叫她「環保小姐」。

然後眞的有很多同學開始跟她一起收集回收品，我有些感動，但是只是感動，我的積極上進的個性裏，有一個缺憾，就是對美德有一種懶散的頹廢！

又是一個無聊的星期六，她等在巷口，我則在接楊正文打來的電話。

「來吧，克南，好久沒一起喝酒了，修萍老是念著你……」楊正文極力慫恿。

受不了誘惑，我終於趁她等在巷口時，偷溜了出去。

「震撼」裏擠滿了人，震耳欲聾的音樂聲讓人激動亢奮、心跳加速，我擠到他們在角落的座位時已滿頭大汗。

看到我，大家連忙把楊修萍旁邊的位子讓出來。

「怎麼想來ＰＵＢ，啤酒屋不是比較清靜？」

「小楊說這裡有稀奇的東西，我們就來探險了。」鄭進風朝楊正文呶呶嘴。

「什麼稀奇的東西？」我坐下去，拿起桌上的酒喝了一口。

「搖頭丸囉！」謝千惠偎在鄭進風身上，故意搖頭晃腦。身上一襲圓領復古洋裝，讓人沒辦法跟搖頭丸聯想在一起。

「喲！千惠，」我故意皺起眉頭：「你怎麼把你媽媽的衣服穿來了？」

「什麼我媽媽的衣服，這是我昨天剛買的新衣服。」謝千惠賞了我一拳。

「你的嘴好毒，」高映慈湊過臉來：「我呢？我也穿了我媽媽的衣服嗎？」

她穿的是無袖短衫及迷你裙，一身辣妹打扮。

「你沒穿你媽媽的衣服，」我摸摸她的臉頰：「倒是把你奶奶的臉帶來了。」

大家都笑成一團。

千惠可不饒我：「修萍呢？修萍帶什麼來了？」

我看著楊修萍，她亮晶晶的眼睛也正看著我，唉！她沒有美貌，也沒有風趣，倒是可以少奮鬥二十年。

「怎麼不說話？」高映慈也不饒我：「被貓咬了舌頭啦！」

楊修萍穿的是襯衫及長窄裙，挺端莊的。

「她帶的是一本正經。」我說。

「不公平，」楊正文說話了：「修萍一本正經，映慈倒成了怪老子。」

大家又笑得東倒西歪，我這才發現他們都有些醉了，難怪說起話來每個人都搖頭晃腦，活像吃了搖頭丸。

「喝吧！克南最慢來，要多喝兩杯。」鄭進風舉起酒杯朝我晃了晃，逕自一口喝光了。

我也喝掉了我那一杯，然後大家的酒杯都輪流朝向我……

「君不見黃河之水天上來，奔流到海不復回！君不見高堂明鏡悲白髮，朝如青絲暮成雪。……但願長醉不願醒！……五花馬，千金裘，呼兒將出換美酒，與爾同銷萬古愁！」鄭進風一喝醉酒就開始吟詩，一首〈將進酒〉已幾乎被他唱爛了。

楊正文則頻頻勸酒，他一醉，喝酒就特別爽快，不管你喝不喝，他一定先乾爲敬。

「我們下個禮拜六要到不老溫泉烤肉、洗溫泉，一起去，好嗎？」楊修萍低聲問我。

禮拜六？禮拜六是徐徐的環保日，我沈吟著。

「去，不去的是小狗。」楊正文喧嚷著。

鄭進風了解的看著我，只有他知道我跟徐徐的事。

「大家都去，快畢業了，以後也許沒機會這樣聚在一起了。」千惠看了楊修萍一眼，她們是好朋友，她當然知道她的心思。

我還是猶豫著，如果徐徐——我驀然警覺我是不是開始太在乎徐徐了。

我可不要像山一樣，永遠望著同一片土地！

「怎麼樣？」

大家都等著我回答，我終於點了頭。

「那麼走吧，這麼晚了，再不回去，我媽媽又要開始CALL我的手機了。」鄭進風首先站起來，大家也紛紛跟著起身。

「看來今天要空手而歸了。」楊正文喃喃的說，原來他還沒忘記他的搖頭丸。

「小高，你穿得像辣妹，等一下你留在這裡，也許就有人來兜售了。」鄭進風突發奇想。

「我帶著我奶奶的臉，誰敢啊！」高映慈齜牙咧嘴，我連忙閃到一邊。

「克南，你送修萍回去吧，我跟映慈還有事。」楊正文靠過來摟著高映慈。

你們會有什麼事，還不就那檔子事！

我還沒有答應，楊修萍就偎過來了，我呢，只好順水推舟。

騎機車的好處，就是一上了車，女孩子通常會緊抱著你，尤其是她對你有好感時。而且胸前的神奇脂肪也會在經過坑坑洞洞，或緊急煞車時，適時的提醒你它的存在。

送她回到家，我已被她抱得喘不過氣來。

下了車，她仍舊黏在我身上：「克南，你不會急著要走吧？」

我是不急，但是我知道她醉了，趁人之危絕不是我的作風，而且——我又想起徐徐，我搾搾頭，如果我期望後面還有更大的石頭，那麼我要習慣幾乎感覺不到她的存在。

我微用力，楊修萍卽趁勢倒在我懷中，我們一起跌坐在她家門廊上，然後兩個人怎一個纏字了得，互相磨蹭了大半個時辰。

她頻頻邀我入屋，我當然知道她的用意，我以前從來經不起誘惑的，而且她不只有背影與頭髮還可以，她絕對可以讓我少奮鬥二十年，但是——但是我還是輕聲對她說：「再見！」

回到住處，徐徐已經坐在椅子上睡著了，我輕手輕腳的爬上我的床鋪，披薩走到床邊低鳴，我知道牠在抗議我進門時沒有拍牠的頭。

徐徐睜開惺忪的睡眼：「你去那裡了？怎麼這麼晚才回來？」

「跟朋友喝酒聊天。」我故意輕描淡寫。

「以後要先跟我說一聲，免得我擔心。」她走過來替我蓋上涼被，然後躺在我身邊。

我以爲她會興師問罪，至少也會問我跟什麼朋友喝酒，但是她什麼也沒問，只是靜靜躺在我身邊，我準備好傾囊而出的那些大男人主義的教訓詞，也只好全部打住了。

第五章

『神愛世人，甚至將祂的獨生子賜給我們，叫一切信祂的，不至滅亡，反得永生……愛你們是爲眞理的緣故，這眞理存在我們裡面，也必永遠與我們同在……我願你凡事興盛，身體健壯，正如你的靈魂興盛一樣……』

我坐在教堂裏陪著徐徐聽著神的話語，我永遠分不清天主教與基督教的差別，就像我分不清道教與佛教的差別一樣。我相信所有的宗教都是萬流同源，都是在啟發人們向善、導引人們的心靈。耶穌基督說：天國近了，你們要悔改……佛曰：放下屠刀、立地成佛。上帝與玉皇大帝說的都是同樣的道理，東方與西方同時都有神鬼傳奇。

我只是不明白，到底是神創造了人，作爲祂們的棋子，走在祂所框限的棋盤裏，還是人創造了神，以爲心靈的慰藉及惡行的桎梏。

「走了。」徐徐碰了碰我的手肘，「發什麼愣？」

原來散會了。

回去的路上徐徐一直試圖感召我，她沒想到我竟肯陪著她上教堂，我也沒想到。不過我既然曾假借教堂說謊（雖然我認爲是善意的謊言），那麼我來教堂以示悔改，也是應該的。

「我對宗教一向沒有區分，我認爲如果有神，所有的神應該都是同體的，不過如果要我像你這麼虔誠，大概還需要更多的說服力，畢竟我從沒有親眼看見過祂們存在。」

「看不見並不就表示不存在，你看得見幸福嗎？看得見快樂嗎？但是爲什麼你知道它的存在？」

「快樂與幸福是一種感受，我由事情的過程與結果得知。」

「信仰與眞理是一種與生俱來的心靈話語，透過它你可以感受上帝的存在。」

「我知道眞理，但是我仍然看不見上帝。」我也是很固執的。

「那麼痛呢？」她狠狠的在我手臂上捏了一把：「你看得見痛嗎？它存不存在？」

我第一次看見她發怒，想來她對天主虔誠的固執與泡咖啡及收集環保回收品，是完全不能相提並論的，堅持品味與日行一善只是一種講究與原則，宗教卻是她全部性靈的本質。

「如果你要將你的神與幸福、快樂或疼痛劃上等號，那麼我是不介意的。」帶著怒意我故意奚落她，我也不知怒意何來，大概是我剛發現我並沒有佔住她心靈的全部！

「……」她目瞪口呆的望著我。

回到住處，她還在生悶氣，我裝作不知道，自顧整理我的書籍。女人都是這樣，你越賠不是，她越理直氣壯，越沒完沒了。

果然她先沉不住氣了：「下個禮拜六我要回南部，如果你有事我就自己回去。」明顯的她還在賭著氣，卻不知正中我的下懷。

是上帝在回應我的質疑嗎？祂馬上給我一個奇蹟，我竟不必擔心穿幫，就可以單獨跟楊正文他們出遊。

「那幾天我剛好跟同學約好了要監督畢業冊的製作，你自己回去吧。」

「但是一連放好幾天假，你不想回去看看你爸媽嗎？」她瞪大眼睛，她大概沒想到我會這麼回答。

「我總不能約好了又放人家鴿子，你自己回去吧，反正你留下來我也沒時間陪你。」

她有些猶豫，我挨近她上下其手：「我現在先陪你，免得你到時候太想念我。」

她軟弱的推拒著，「不要，我不要你又意亂情迷。」

確實我又意亂情迷了，每時每刻我都想佔有她，但是我不想勉強她，我要她眞心眞意的付出第一次，不要有罪惡感，不要覺得對不起上帝。有時候我也很懷疑我怎麼這麼有毅力，這麼有耐心，這實在很違背我的本質。

「又生氣了？」她摸摸我的臉頰。

「我覺得你的罪惡感理論很不能讓我接受，如果享受肉體的歡渝是錯的，爲什麼上帝要讓我們有這個本能？」

「不只是罪惡感的問題，我也怕懷孕。我們該在對的時間做對的事。」她將手按在我胸膛上。這反而更讓我劍拔弩張，欲罷不能，我打開抽屜找出以前沒用完的保險套：

「現在就是對的時間。」

「你——」她又羞又怒的望著我：「這是你以前沒用完的，是不是？你隨時都準備著這個嗎？」

「小姐，」我親著她，一面給她機會教育：「你以爲大二以上還剩幾個處男？如果畢業班還有在室男那是黃色奇蹟。」

「但是——但是——」她委屈的垂下眼瞼，用手擋住我的觸摸。

「但是濫交還是不對的，只有在上帝見證下的肉體交歡才會美麗而神聖，你不該，你不該——」看來她又要掉眼淚了。

「我以爲我們該重視的是新聞，而不是歷史。你比較在意我以前的行爲，還是比較在意我以後的忠誠？那時候的我並不認識你，你怎能要求我專一？你不知道嗎？」我將她擁入懷裡：「男人的生理需求與女人是不一樣的，我不勉強你不是我不那麼想要，而是因爲我尊重你。」

她不再說話了，我卻開始困惑，我是眞的愛上她了嗎？還是因爲我一直得不到她？

＊＊＊＊

不老溫泉在六龜鄉，我們七個人開了一部九人座的休旅車，足足費了七個多小時才到那裡，窮鄉僻壤，不過還好也略俱觀光雛形。

他們帶著一大堆東西，食物、烤肉用具、飲料……一應俱全。我呢？就帶了一條泳褲及一張嘴。

「怎麼想到要跑這麼遠？盧山不是更近嗎？那邊開發的也比較好。」我打開一罐可口可樂，一口氣喝掉半瓶。

「是修萍的意思。」

「盧山人太多了，下了水，就像是在煮水餃一樣，整鍋湯都濁了。」楊修萍走過來拿起我喝剩的半瓶可樂。

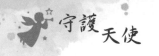

「那瓶我喝過了。」
楊修萍看了我一眼，還是把那半瓶可樂湊近嘴，一口氣喝光。
「說不定嘴都親了，還介意你喝過的可樂嗎？」黃勝雄打著趣，臉上可沒有打趣的表情，誰都知道他想追楊修萍，這次當然也跟來了。
我懶得理他們，自顧走到更衣室換上泳褲。
烤肉區旁邊那座露天風呂早已對我搔首弄姿，我已等不及想一親它的芳澤。
「喂！你不先幫些忙嗎？」被煙薰了一臉的謝千惠首先抗議。
「放心，我會幫忙吃。」話一說完，我已躍進池底。
池水有些燙，我讓自己漂浮在水面上，夕陽的餘暉正映在水面上，反射出奇異的光芒。不久楊正文與鄭進風也加入了。黃勝雄則留在那裡幫忙女孩子們烤東西。
「你不怕你那可以少奮鬥的二十年飛了嗎？」鄭進風看著大獻慇懃的黃勝雄提醒我。
「你跟修萍到底有沒進展？」楊正文也一臉關切。
我搖搖頭。
「那天晚上不是給你製造機會了嗎？我以爲你早就上壘了。」
「想聽眞話嗎？」我看著楊正文眞誠的說：「送上門的女孩我一向捨不得拒絕的，

但是修萍不同，她是你堂妹，我不能一面跟她做愛，一面告訴她我不做承諾。」

「爲什麼不肯承諾？她就是你可以少奮鬥的二十年。」

「而且沒有刁鑽及銅臭味。」鄭進風也跟著說。

我還是搖頭：「我就怕我承諾了又反悔，我經不起失去你這個好朋友。」

「你到底想追尋的是什麼？」

也許我在追尋的是一個不可能存在的女人？也許我根本害怕承諾，害怕被束縛，害怕被套進感情的枷鎖。

我站起來走到緊鄰的冷水池，冰冷的泉水讓我全身起了雞皮疙瘩，我的血液幾乎凝固在一起。

「如果我說——修萍不在乎你承不承諾呢？」楊正文不死心的追過來。

「你說呢？你知道我總是隨興所至，不知道那一天會厭倦，你能諒解我這樣對待修萍嗎？」

「我——」他一滯，還是說了：「其實我勸過修萍，也對你極盡毀謗之能事，如果她不在乎，我在乎什麼？男女之間本來就是這麼回事，合則來不合則去，既然沒有承諾，誰也不必對誰覺得抱歉。」

我不再說話了，就讓它順其自然吧！我轉過身扭開出水孔，強烈而冰冷的水柱激射

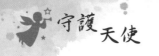

而出，我整個背部刺痛而痲痹，一種自虐式的快感充斥全身。

「吃烤肉囉！」高映慈在大理石椅子上吆喝著。

大家都圍了過去，我披上襯衫，坐在較遠的一邊。

楊修萍拿了浴巾走過來，遞給我：「擦擦吧，風這麼大，小心著涼了。」

「我擦了就溼掉了，你怎麼辦？」

「我帶了兩條浴巾，我想你也許會忘了帶。」

我默默擦著頭髮，她拿起浴巾的一角替我擦掉胸前的水珠，衆目睽睽之下，我眞是不自在，我心裡開始有些後悔，那天晚上也許我應該立刻告辭的。

「你肚子餓了嗎？」

一陣陣烤肉香隨風飄來，我才發現我餓扁了。

她端來了一大碟食物，我幾乎是狼吞虎嚥。

「你怎麼不吃？」

「我喜歡看著你吃。」她直視著我，毫不掩飾她的感情。

哦？我不知要回答什麼，只好傻笑，看來，我的麻煩才剛要開始呢！

我站起來：「走吧，我們離大夥兒太遠了。」

我們一走過去，黃勝雄卽倒了一杯烏龍茶給她，她轉手遞給我，我連忙搖手：「我自己來，那是你的愛心茶，可別讓人家白忙了。」

「小程，你馬子怎麼沒跟你來？」黃勝雄總算逮到機會。

「我馬子那麼多，我怎麼知道你說的是那一個？」我習慣性的打迷糊仗。

我雖然已打定主意不想招惹楊修萍，但我就是不願意讓人家替我定了，指派誰是我的女朋友，就算那個女朋友指的是徐徐也不行，這是我的劣根性，期待後面有顆更大石頭的劣根性！

「你知道我說的是那一個吧，你們不是都住在一起了嗎？」

好傢伙！倒刺探起我來了。不過他說得也太誇張了，徐徐只偶而在我那裡過夜，我們談的可是純純的戀愛。

「別扯了吧，克南不會這麼快就把自己變成死會。」楊正文急著替我否認。

他大概怕楊修萍難過吧。

我嘿嘿冷笑著，旣不承認，也不否認。不過小黃你旣然玩眞的，我就陪你過幾招！

吃完東西，我拿出吉他自彈自唱起來：「親愛我已漸年老，兩鬢如霜銀光耀，可歎人生譬朝露，青春年少幾時好？唯你永是我愛人，永遠美麗又溫存，唯你永是我愛人，永遠美麗又溫存，……」

我忘情的唱著，徐徐的身影似乎在歌聲中若隱若現，有一種什麼東西觸動了我的心弦，我竟讓它一閃而逝。

「眞是動人，連我都渴望當你永遠美麗又溫存的愛人。」鄭進風看著我，眼裡有一層我無法理解的東西。

我不想深究，我們有著不同的生活，他永遠無法理解我的人生觀，就像我也永遠無法理解他的一樣。

「泡湯吧，現在池裡都沒人，我們全包了。」

大家前呼後擁跑去換泳裝，我跟楊正文、鄭進風襯衫一脫，早就一馬當先。

「眞的嗎？有一個女孩跟你同居？」楊正文原來也開始懷疑。

「你說呢？」我仍舊不置是否。

「我不信，你不會願意讓女人綁死的。」

「同居就算綁死了，那結婚怎麼辦？別告訴我你還是處男。」

「我們不一樣，你——你本就朝三暮四。」

「你乾脆說我人盡可妻。不過，你告訴我，做一次與做十次有什麼差別？跟一個女人與跟十個女人做，有什麼不一樣？在同樣沒有婚姻的情況下，有那一種在實質上會比較清高嗎？」

「你用這個來否定專一嗎？難怪你不跟女朋友同居。」

「男女之間我從不否定什麼，但也不認同什麼。同居就一定專一了嗎？結了婚，還不是照樣有很多人出軌，還不是照樣有很多人離婚，我不同居是因爲我喜歡睡在床中間。」

「什麼意思？」楊正文一臉疑惑。

「我想從那一邊下床，就從那一邊下床，不用擔心有人擋著。」

「從那一邊下床重要嗎？」鄭進風更疑惑：「你迷信方位嗎？」

「我迷信自由，我只是不要有人擋著，從那一邊下床我其實根本不在意。」

「說來說去，你就只是怕羈絆，就只是不想有牽掛。」

他們總算懂了！

「你竟還敢把你堂妹介紹給我？」

「我有什麼辦法？你的所有韻事我都跟她說盡了……」

我將頭埋進水裡，他的聲音變得好遠。

探出水面時，楊修萍已在我身邊，黃勝雄在她另一邊。

追女孩子決不要正面攻擊你的情敵，尤其如果那個情敵剛好是你的朋友時。

我將水潑在楊修萍身上，她嬌笑著，也潑了我一頭一臉，我們追逐著，她在水裡起起伏伏躲閃著，我發現她原來不只是頭髮與背影還可以，她還算清秀的頭部以下不但寫實而且很有看頭。

我拉著她走向冷水池，下水的那一霎那她驚聲尖叫起來。

「天啊！這是冰水哪！」她擠向我，我老實不客氣的抱個滿懷，我看到黃勝雄鐵青了臉，也聽到自己得意的笑聲，這才只是第一招，有沒有第二招、第三招，就看黃勝雄的態度，及老子我的心情了。

第六章

徐徐乖乖回來了，又乖乖的替我遞湯送水的。

女人眞是執著啊！把心給了你，從此無怨無悔認定你了。

我一面享受被愛的角色，一面暗暗苦惱著，因爲楊修萍開始會突然來探我的班。我只在溫泉裡出了第一招，並沒有第二招，當然更沒有第三招，但是，但是輪到她使招了。她會刻意等在教室門口，邀我看電影喝咖啡什麼的，還好徐徐小我一屆，我們在學校很難得碰頭，否則早穿幫了。

今天楊修萍鐵了心一路跟我走回家。她非要我陪她去看俄羅斯的芭蕾舞劇不可。

「我不懂那些文謅謅的東西。」我極力推辭。

她硬是站在門口：「你不需要懂，你只是去欣賞。」

我們杵在門口，我不想開門，我怕徐徐剛好在裡面。

我也急著讓她走，我怕徐徐剛好過來。

我最恨我總是料中事情！

徐徐果然正牽著披薩施施然走過來！

她看看楊修萍又看看我：「你有朋友來，怎麼不請到裡面坐？」

「我——我們只是商量一些事情。」我很狼狽，好像我剛剛偷東西被抓到了。

「那我不打擾了。」徐徐轉回身：「我帶披薩去溜溜。」

「她就是黃勝雄口中那個疑似跟你住在一起的女孩嗎？」等她走遠了，楊修萍才幽幽的問。

我不想再說謊了：「我們沒有住在一起，不過我們確實在交往。她可以算是我的女朋友。」

「我呢？我算是你的女朋友嗎？」

她的可憐兮兮的臉竟讓我昧著良心說話：「是的，你當然也是我的女朋友，不過我眞的不想看芭蕾舞劇，我們去看電影吧，我請你看《危機四伏》。」

夜裡，徐徐如我意料的馬上逼問，「她是誰？」

「同學，你沒看到她拿了一疊畢業冊的資料嗎？」

「畢業冊的資料？我以為我看到的是講義，而且她看你的眼神可不像只是同學，她不會是你的外遇吧？」

「你當我白癡？把我的外遇帶來讓你撞見？越是正大光明你越不必疑心。」

我說得斬釘截鐵，律師最擅長的就是一定要堅持似是而非的論調。

「但是——但是我好幾次遠遠看見你們走在一起，有一次我還在餐廳裡看見你們一起吃飯。」

「你在餐廳裡碰見過我們？爲什麼你沒過來打招呼？」

「因爲，因爲——」

我明白了：「因爲你也正跟李建仁在一起吃飯是不是？」

她膽小的低下頭。其實我並不生氣，我可是逮到了機會轉移話題：「爲什麼你要跟李建仁去吃飯？你們還在交往嗎？」

「當然沒有，我只是盛情難卻，我們畢竟曾在一起兩年多，我，我不好太拒人於千里之外。」

「好個盛情難卻，」我嘿嘿冷笑著：「如果我也對過去的女朋友不好太拒人於千里之外呢？」

「我們只是吃飯。」

「吃飯也不行，」我斬釘截鐵：「除非你得到我的同意。」

她像洩了氣的皮球坐到床邊上，嘟起的小嘴濕潤潤的，我——我又春潮洶湧了。

她一樣堅決推卻：「爲什麼我們不能只是好好聊天，爲什麼你每次都只想著那件事？男人都是這樣嗎？」

「因爲你總是讓我把持不住，除非——」我遮住眼睛：「除非我閉上眼睛跟你說話。」

她被我逗笑了。

其實，唉！其實男人見了女人通常總是會先想到那檔子事，不管他們有多少話題，有多少能耐，徘徊於女人的兩腿之間，還是很快就胸無大志，只要一晌貪歡，這是男人天性使然，也就是女人口中所謂的獸性！

「你還是沒回答我原先的問題。」

「什麼原先的問題？」我有些迷糊了。

她可不迷糊：「那個女人到底跟你有沒有什麼關係？」

「如果你問的是性關係的話，那麼，沒有。不過我們曾約過兩次會，記得我們在老榕樹下第一次見面的事嗎？那次是我們第一次約會，而且爲了你，我還遲到了。」

「所以那天你才匆匆離開了？」

「嚴格來說，你才是我們之間的第三者。所以我也不好太拒她於千里之外，我現在只是把她當作普通朋友，每個人都會有很多不同的朋友，這是人際關係，男人不能有了親密愛人就捨了其他朋友。」我順便開始說教。

「爲什麼你從沒有帶我去見過你的朋友？」

「都只是一些較談得來的同學，而且你不是也沒有帶我去見過你的朋友嗎？」

「如果沒有我，也許你們已經在一起了……」

女人就是喜歡鑽牛角尖，繞來繞去，還是繞回原來的話題。

「但是有你。」我吻住她，堵住她下面的話。

因爲見過楊修萍的關係，徐徐第一天中午即出現在我的教室門口，「我們一起去吃中飯吧！」她說，眼睛不忘瞄著四周，我想她已經決定昭告天下了。

我可不在意，同學早就習慣我臂彎中的女人來來去去。

我們快走到餐廳門口時，遇見了李建仁。

「徐徐！」他在後面喚她。

我們一起停住腳轉過身，他在後面幾步遠，一動也不動的站著。

「徐徐！」他繼續叫著。

徐徐看了看我，正想移動身子。

「是他想跟你說話的吧！」

徐徐不解的看著我。

我沉下臉：「他想跟你說話就要自己走過來。」

「我只是去聽他想說些什麼。」

「他可以過來，他沒看到我嗎？想說什麼就走過來，在我面前說。」我一點也不肯通融。

「你在無理取鬧。」徐徐低聲求我：「我只過去打聲招呼，我馬上回來，好不好？」

我有些生氣了，她不該質疑我的要求，我轉身就走。

徐徐連忙跟上來，但仍不忘對他揮揮手：「我現在有事，我們晚上再聯絡。」

我其實從不那麼小心眼，我也不真的在意他們一起說話，我只是突然興起想要讓他明白，誰才是正主兒的念頭。

晚上我原想約了楊修萍去看《危機四伏》，但是一入夜徐徐就帶著披薩過來了。

「牠便了嗎？」

「便了。」她把一團報紙丟進垃圾桶。

披薩走過來咬著我的襪子，我乾脆把兩隻襪子都脫下來丟給牠。

「臭死了，你還沒洗澡嗎？」

「我等著你來服務。」

我抱住她，正想先騷擾一番，電話鈴響了，我順手接起電話，竟是找她的，我一聽聲音就知道是李建仁。我遞給她。

「是的，……沒關係你說……哦——好吧，但是我只能出去一會兒。」

掛了電話後，她看著我欲言又止。

「是李建仁？」我明知故問。

她陪著笑臉。

「他怎麼有我的電話號碼？」

「他沒有，我把我的電話轉接到你的電話上了。」

「他約你出去？」

「他說有話跟我說，我——我只出去一會兒。」

「聽著，我不希望你去，」我鄭重的告訴她：「當然你也可以只考慮你的希望，如果你認爲我的希望不重要的話。」

「我都說了我只出去一會兒嘛！」

我拿起換洗衣物走進浴室，不再搭理她。我不喜歡討價還價，她得習慣這一點。但是等我走出浴室時，她竟然不在了。

我足足發了好久的愣，我沒想到她竟會不經我的同意就出去，我好像被打了一個耳光，那種火辣辣的滋味讓我心頭燃起一把怒火。

拿起電話，我立刻打給楊修萍，我原本就打算請她看《危機四伏》的。

電影很精彩，也不免隨俗的彰顯惡有惡報的因果循環，但是不知爲什麼，我對哈理遜福特最終的下場，竟感到心有戚戚焉。

「男人實在很可怕，對自己的老婆竟也下得了手！」看完電影，楊修萍忍不住提出批判

「是名利心可怕，不是男人可怕。沒看過爲保險金殺了丈夫的女人嗎？」

「我一輩子都不會做這種事，我認爲錢並不是人生最重要的東西。」

那是因爲你這輩子還沒有缺過錢！我在心裡回答。

錢絕對是人生裡最重要的東西之一，只是它還沒有重要到值得毀掉你的人生。其實哈理遜福特最初想要捍衛的是他的婚姻與名聲，弄到最後，變成是爲了生命與自由，從頭到尾跟錢一點也扯不上關係。

「找小楊他們出來聊聊天吧，我不想這麼早回去。」

「要不要到我家，我爸媽他們出國了，家裡只有我一個人。」

我有幾秒鐘的衝動，但還是按耐住了，錢並不等於人生，這是我剛剛學到的。

「找幾個伴去啤酒屋吧，我突然有些想喝啤酒。」

她有些失望，但還是乖乖的去打電話。我則有些抱歉，因爲她絕對不是我在尋找的，那顆更大的石頭。

楊正文與高映慈準時來了，還跟著蔣煥文。

「小鄭呢？」我嘴裡問小楊，眼睛卻看著蔣煥文，他很少參加我們的聚會，而且他跟女朋友總是形影不離的，是標準的雙魚座。

「跟謝千惠看電影去了。」楊正文拿起生啤酒，咕嚕咕嚕灌了大半杯。

我拿起酒，碰了碰蔣煥文的杯子：「小蔣，今天怎麼有空？」

「以後天天都有空了。」楊正文替他回答。

小蔣一臉的悲戚狀，端起酒杯一飲而光。

「被女朋友甩啦？」我其實並不真這麼認爲，前兩天還看到他們如膠似漆的膩在一起。

「錯！是他把女朋友甩了。」又是楊正文答的腔。

「好氣魄啊！那你幹嘛哭喪著臉？」

「我捨不得呀！我眞的很愛她。」小蔣連眼眶都紅了，唉！雙魚座的男人！

「你很愛她，爲什麼要甩了她？」楊修萍忍不住好奇，正好替我發問。

「說來話長。」小蔣停住話，拿起生啤酒桶替自己滿滿倒了一杯。如果不是看他那麼難過，我會以爲他故意在吊我們的胃口。

「你就快說嘛！」映慈也好奇了。

「我以爲你們早知道了，小楊不是知道嗎？」

我瞪著楊修文。

「我只知其一，那知其二，他在我那邊唉聲歎氣了老半天，還沒說到主題，修萍的電話就來了。」楊正文揚著眉毛一臉無辜樣。

「小蔣，你就別歹戲拖棚了，急死人你良心能安嗎？」

「是這樣的——」小蔣又灌了大半杯啤酒才說：「我們在一起兩年多了，我是眞心的想跟她在一起，所以那天我說：心怡，畢了業我們就結婚吧！」

「她不肯答應？」映慈衝口問。

「她不答應我不會那麼難過，你知道她說什麼嗎？她問我：如果我們結婚了，可以把你家的垃圾歸你哥哥嗎？」

「垃圾？垃圾給垃圾車就好，幹嘛給你哥哥？」修萍問。其實我們也都一頭霧水，垃圾跟他們結不結婚有什麼關係？

「我起先也聽不懂她的意思，我問她爲什麼要把我家的垃圾給我哥哥。她說：由他扶養啊，我喜歡自由自在，跟你媽生活在一起，我會覺得渾身不自在。原來她說的垃圾是我媽媽！我眞的很難過，她沒有父母嗎？我爸爸很早就過世了，我媽媽兼兩個工作才能供我跟我哥哥上學，現在我連一天都還沒供養過她呢，我怎能容忍我的老婆這樣侮辱她。」

聽完他的話，大家都一陣沉默，第一次聽人把別人的父母當成垃圾，引起大家很大的震撼，這已經不是惡劣可以形容，這種女人可以少奮鬥四十年，我也不要。

「喝酒吧！」楊正文首先打破沉默：「沒想到心怡是這樣的人，她自己父母雙全，還有個奶奶呢！」

「也許她沒想到你會反應這麼激烈，她以爲她很幽默，用不一樣的形容詞。」映慈跟她比較熟，忍不住替她說話。

「這是心態問題，既然她有這種想法，以後就會變成爭執點。」

「她不能生兒子，否則她媳婦也把她當垃圾怎麼辦？」

「她父母呢？也是她嫂嫂的垃圾嗎？」

大家七嘴八舌批判著。

「我也是這麼想，長痛不如短痛，總不能只要老婆不要媽，更不能將來爲此吵吵鬧鬧。」

「所以——」我舉起杯子：「慶祝你懸崖勒馬，回頭是岸。」

回到住處時已經凌晨一點多，如我所料，徐徐又坐在椅子上睡著了。

我走到浴室換掉襯衫，我知道它一定沾了楊修萍的口紅印。老天作證，我眞的不想碰她，但我也無法阻止她藉酒亂性，我的襯衫就成了代罪羔羊。我該開個戀愛講義班，敬告所有的茱麗葉們：男人如果你投懷送抱還不想碰你的話，你就該知難而退了。

走出浴室，徐徐已經醒了。

「你去那裡了。」她的臉色眞難看。

「跟朋友喝酒聊天。」我攤攤手。

「什麼朋友？」她是下定決心追究到底了。

「同學，你又不認識。」我走到床邊躺下來。

「我——我只出去十五分鐘，我趕回來，你就不見了。」

「你有你的朋友，我也有我的，我以爲我們不必互相干涉。」

「但是我只是去打聲招呼，你就，你就出去瘋了一個晚上。」

「我累了！」我把被子蓋在臉上。

「你講不講理？我只是去告訴他我不能赴約。」

「去告訴他？你爲什麼不在電話裡告訴他？」

「我不能呀！我又不知道你不讓我去，他人在外面等我，我怎麼打電話呢？」

「所以是我不對囉？」我掀開被子：「我不讓你去，你就不可以去，等不到你，他會打電話過來。」

「我——我們還沒有結婚，我就一點自由也沒有，你叫我怎麼、怎麼跟你渡過一生。」

我看著她，我本想告訴她，我還不一定想跟她渡過一生，想一想這種話實在太傷人，只好硬生生吞下了。

我又拿被子蓋住臉。

她坐在旁邊輕聲啜泣，哭了一會兒，看我都沒有動靜，她突然說：「我要走了。」然後我聽見她站起來走向門邊，她並沒有立即打開門，我猜她在等我開口留她。

我是想留她，但是我與生俱來的大男人主義告訴我，我不能寵她，我要讓她習慣聽話，否則下次她還是會犯一樣的錯誤。

過了一會兒，她又輕聲走回床邊：「我——我道歉，可以嗎？」

「不可以跟他吃飯，不可以打電話給他，更不可以單獨跟他會面，就當作你們從來不曾交往，懂嗎？」我嚴厲規定她。

她委屈的點著頭，紅紅的眼眶內盛滿淚水。

我有些不忍，我拉她到床上，溫柔的抱住她，她溫順的躺在我身邊，又重新輕聲啜泣……

第七章

爲了彌補前一晚對她的嚴苛，第二天我特地陪了她一整天。

其實這陣子我都很空閒，要畢業了，我又已拿到律師執照，只等著畢業典禮，反而她比較忙，禮拜天還要跑教堂，我有時候陪她去，有時候不，要看我的心情。

我是個固執的人，她似乎想開了，並不勉強我。不過今天我心甘情願的陪著她，雖然神父講了什麼大道理，我根本沒注意聽，唱聖詩的時候，我倒是跟著唱了好幾句。

走出教堂的時候，她變得吞吞吐吐起來。

「怎麼啦？」

「我中午的時候要拜訪一個教友，順便替她送飯，如果你不想去，你就先回去。」

「爲什麼你要替她送飯？」

「因爲她殘廢了，她的侄女白天要上班，晚上才能替她做飯，所有的教友都輪流替她送午飯。」

「禮拜天也上班嗎？」

「本來沒有，不過今天臨時加班，所以才輪到我。」

「她沒有家庭嗎？」

「丈夫死了，她的獨生子半年前在美國留學時跟女朋友一起出了車禍，也死了，不過沒有人敢告訴她。」

「她自己呢？也是出車禍才殘廢的嗎？」

「不，她是因爲糖尿病截肢。」

噢！世界上還眞有這麼慘的人！聽過誰說的埋怨話？——「這一刻我覺得上帝死了！」好像是一部電影裡，一位受納粹迫害的猶太人的吶喊。

而佛家會怎麼說？——「一切都是因果循環，如果不是上輩子造了孽，下輩子就會有所補償！」

眞是這樣嗎？下輩子太久遠了，而上帝也許本來就不存在！我望著徐徐，她一臉期盼。

「我陪你去吧！」我嘆了一口氣。

我不是教友，也不重視慈善事業，不過日行一善是童子軍守則，自從宣誓以後，我還沒有一天實行過。

我以爲劉太太一定過得很清苦，至少是不像我看到的這樣。她的房子在一棟大廈的七樓，三房兩廳，還有個大陽台；信義路上這樣的房子價碼一定不低。

「劉媽媽，你好，我幫你送飯來。」

「好！好！眞是麻煩你了，徐徐。」

「劉媽媽，你要不要先上個廁所？」

「好的，你眞貼心。」

徐徐將她的輪椅推進裡面，我只好留在客廳東瞧瞧，西看看。

客廳的擺設很簡潔，所以那座大書櫃就顯得特別醒目。書櫃裡有很多書在一般的書店裡已經很少看到了，像《蘇俄在中國》、《前仰後合集》、《西潮》……，想來主人生前一定是個飽讀詩書的雅人。

徐徐推著劉媽媽回來了，我只好坐回沙發上。

「劉媽媽，這是我男朋友，他叫程克南。」

「劉媽媽好！」

「好！眞好！」劉媽媽打量著我，有些疑惑：「徐徐，我是老糊塗了嗎？爲什麼我一直記得你男朋友姓李？」

「劉媽媽，他不——他，他是——」徐徐結結巴巴的。

「劉媽媽，我是現任男友，那位李先生是卸任男友。」我乾脆替她解釋。

「哦？」劉媽媽卻聽得糊塗：「怎麼又姓謝了呢？」

「不是姓謝，是姓李，卸任的意思是他們已經分手了。」我好人做到底，什麼都替她解釋。

劉媽媽點點頭，忽然又顯得很擔憂：「不曉得劉重得會不會也被周華娟變成卸任男友。」

「劉重得是劉媽媽的獨生子。」徐徐低聲對我說，又對著劉媽媽說：「重得在美國還好吧！」

「好是好，就是太忙了，他已經半年多沒打電話給我了。」

「不是有寫信回來嗎？打電話比較貴，他是替你省錢哪！」

「講個幾句話，能花得了多少？趕明兒我自己打去。徐徐啊，打電話到美國要怎麼打？」

「我——我也不知道，也許，也許過兩天他就打回來了。」徐徐打開便當盒及杯湯：「劉媽媽，你吃飯吧！」

劉媽媽一面吃飯，一面說：「雖然我癱瘓了，丈夫也死了，但是我仍然心存感激，因爲我的主並沒有完全忘了我，祂賜給我一個好兒子，讓我不必孤孤單單的過完一生。」

劉媽媽虔誠的望著牆上的十字架，繼續喃喃自語：「祂還賜給我很多好兄弟、好姊妹，你們是這樣的關心我，幫忙我，我一定要我兒記住主的恩典，把他的榮耀全歸於主，我要他像你們一樣，幫助需要幫助的人……」

徐徐忽然抽抽噎噎的哭起來。

「你怎麼了？」劉媽媽很驚訝，我卻是著急，她再哭下去就要穿幫了。

「我，我太感動了，我相信——」徐徐停頓了一下，才又說：「我相信天主是愛你的，祂無論拿走了什麼，都是因爲祂有更好的安排，而你也可以藉此試煉，得以更接近聖靈。」

劉媽媽虔誠的眼睛又望向十字架。

我不贊同的望著徐徐，我知道什麼叫做善意的謊言，但是謊言畢竟是謊言，它不會因爲它是善意就變得眞實起來。

回程中，我們兩個都悶悶不樂。

「我不相信你們的神希望你們說這種謊。」我說。

「我能怎麼辦？剝奪她最後的依賴與希望？」

「說一個謊，你要說更多的謊來圓；現在怎麼辦？叫一個人冒充她兒子打電話給她？」

「那也沒什麼不可，我們正打算這樣做，美國是很遙遠的地方，把聲音弄模糊點就行了。」

「你瘋啦？終有一天會拆穿的，如果她要兒子回來，或是她想去看兒子呢？」

「她不會活到那麼久，她得了肝癌，她會越來越衰弱，她無法到美國去，而她的兒子——」徐徐的眼睛望向遙遠的天空：「她的兒子也太忙，忙著幫助那些需要幫助的人，以替她回報神的恩典，我相信她會諒解的。」

「有一天她死了，就會發現這是一大堆謊言。」

「死了就解脫了，死去的人不會在乎活著的。只有活著的人在乎，只有活著的人需要面對痛苦。」

我驚奇的看著她，第一次我感覺她比我成熟，比我了悟人生。

＊　＊　＊　＊

爲了應付期中考，我好幾天都沒跟徐徐碰面，等我考完了，換她不見了。

我知道她一直在忙教會的事，不知那個劉媽媽後來怎麼樣了。

夜裡，我忍不住到她的住處，她剛洗完澡，正在喝咖啡。

「對不起，我正想喝完咖啡就到你那裡去。」看我一臉不悅，她連忙陪著笑臉。

「你想過一個問題嗎？」

「什麼問題？」

「也許你更適合嫁給上帝。」

「其實，有一陣子我曾想過要當個修女。」

「又為什麼不？」

「我心底一直有個影子在困擾我，」她深情的望著我：「我總有一個錯覺，我以為我曾在心底承諾過什麼，而其實我們從沒有正式見過面。」

「你在說什麼？」我聽得一踏糊塗。

「我說我老早就把自己許配給你了。」她臉泛紅暈靠在我身邊，她的身上又散發著誘人的檀香味。

我將整個臉埋在她胸前，聞著檀香味，聽著她劇烈的心跳聲，我的心跳也開始加速，我的手又開始不規矩起來。

「不要——你別又意亂晴迷了。」她抓住我的手。

我有些洩氣的坐起身，唉！這樣子停下來，果眞是很難過啊！

「你剛剛說你老早就把自己許配給我？多早啊？」

「大概工廠結束的前兩年，記得嗎？有一年年底，工廠請員工吃尾牙，你跟你爸爸一起去了，你坐在員工席上，一臉酷酷的。」

有嗎？我酷酷的嗎？我當然記得那一年，我永遠記得那一年，只是我一直以爲只有我記得。

「那天你吃得很少，我一直在注意你，你偶而望向我這邊，當時我多麼希望你是在看我。但是我知道你不會注意我的，你們那個年紀，恐怕只會注意排球、籃球及棒球。」

「是嗎？」我吻著她，但我決不會洩漏心底的祕密，絕不能讓女人知道你多在乎她，這是我的守則。

「從那一天開始，」她繼續說：「我開始注意你的行蹤，兩年後，我爸爸貪圖好價錢，要把工廠賣掉，我足足哭了三天，我爸爸以爲我捨不得工廠，其實我是捨不得你，我怕你爸爸沒了工作，會苦了你。」

哦？我的心好像被什麼扎了一下，我說不出那種感覺是酸楚，還是欣慰，原以爲她是一朵遙遠而驕傲的雲，沒想到她早化爲濛濛細雨，一點一滴的附著在我身上。

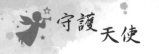

「怎麼不說話？你在嘲笑我嗎？」

「其實我爸爸離開工廠後，專心回家經營祖父的果園，經濟反而改善了。不過我很好奇，當初你爸爸爲什麼要賣掉工廠？」

「我三個哥哥都有工作，沒有人有興趣接替他的工作，他也覺得這樣夠了，賺再多的錢，還不是吃三餐飯，睡一張床，多穿一件衣服怕熱，多吃一餐飯還怕胖呢，何必還要貪心呢？」

就是有人這麼貪心！我在心裡感嘆！

「既然你一直暗戀著我，爲什麼還跟李建仁交往？」

「我不知道，也許我寂寞吧！我已經長大了，幻想不再能滿足我的感情生活，我開始希望跟一個眞實的男人來往，而不是只是一個夢中情人。」

「所以如果我沒有出現，現在摟著你的，就是李建仁囉！」

「我們沒有這麼親暱，我總是下意識的跟他保持距離，也許在我心靈深處，還在等待著你。」

我深深吻著她，掩蓋心裡的紛亂，那顆更大的石頭一直是我內心最大的障礙！也許我要對抗的，不是誘惑，而是我自己！

＊＊＊＊＊

「原來劉媽媽早知道她兒子死了……」徐徐在電話那一頭哽咽著，我們原本約好去故宮博物館的，現在看來要泡湯了。

「你在那裡？」

「我在劉媽媽家門口，我不敢上去。」

「你在那邊幹嘛？我們不是約好去故宮嗎？」

「神父打電話給我，說她好像知道了，要我去陪陪她。」她依舊哽著聲音：「克南，你可以來陪我嗎？我不知道該跟她說些什麼。」

「說些大道理啊！你不是最會說這些的嗎？」我有些氣惱，雖然我不反對她日行一善，但也不必這麼投入吧！

「你怎麼說這種話，你還有同情心嗎？」

我本來還想再反諷幾句，但還是忍住了，我發現跟她在一起後，我變得心軟了，我變得無法再咄咄逼人，以一個準律師來說，這不是好事吧！

「聽著，她怎麼知道她兒子死了？誰告訴她了？」

「早上，她開始不肯吃藥，她說她想早些跟她兒子團聚。」

「也許她說這句話的意思是她想去美國。」

「她想去美國幹嘛不吃藥？」

「她知道自己得了肝癌嗎？」

「也——也不知道。」

「你們還眞行，不讓一個垂死的人知道她快死了，這眞是善意的謊言嗎？也許她有什麼心願未了，也許她有什麼遺憾需要彌補，你們永遠不知道她錯過了什麼。」

「……」她在那頭開始哭泣起來。

「我馬上過去，你在那邊等著。」我只好告訴她。

我已經儘量快了，但到了那裡，她還是不見了。

我四處找尋著，管理員好心的走出來對我說：「你女朋友要我告訴你，她先上樓去了。」

咦？不是還嚷著不知該跟她說些什麼嗎？我趕得暈頭轉向，她倒自己先上去了。

我有些不高興的上了樓，卻見她原來還沒有進門，兀自站在門口發呆。我走過去逕自替她按了門鈴。

一個跟劉太太年紀相仿的婦人來開了門。

「林媽媽好！」

「哦！徐徐呀！」那個婦人不知是在嘆氣，還是在打招呼。

輪椅上的劉媽媽倒沒有我想像的一臉悲戚。

「徐徐，你也是來勸劉媽媽吃藥的嗎？」劉媽媽口氣平和的問。

「是的，我想知道劉媽媽爲什麼不吃藥。」

「徐徐，你先告訴我，我還有什麼理由要吃藥。」

「每個人生病了，都要吃藥，不吃藥如何治病呢？」

「那麼你再告訴我，我生病了嗎？我生什麼病？」

「我——我不知道。」

「你不知道，還是不想說？」

「我——」徐徐一窒。

「劉重得呢？劉重得眞的還在美國嗎？」

「劉媽媽！」徐徐輕聲喊，卻又不知該說什麼。

「其實他的學校早就寄一張通知函給我，他們問我，要不要把他的東西寄回來。我沒讓他們寄，既然我連屍體都沒見著，我又何必惦記那些東西。」

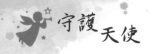

「我們是怕你太傷心。」徐徐小聲說。

「我知道，我也怕我太傷心，我總是假裝他還活著，我假裝那只是一場惡夢，你們也配合著我演這場戲，有一陣子我眞的以爲他還活著，也許是只要我假裝他還活著，我就覺得我沒有失去他。但是我突然發現我終於不必再演戲了，因爲不久後，我就可以去見他了。」

「但是——」

「徐徐！」劉媽媽對她搖著一根手指頭：「如果我遲早都要去見他，我何必延長等待的時間？」

「但是——」徐徐沒有答案，她只是任由淚水滴了下來。

「劉媽媽，」我想起徐徐的話：「你要堅強，死者不會在乎生者，你再怎麼痛苦，你兒子也不會知道。」

「那麼讓我當一個不再有痛苦的死者吧！一個失去丈夫，失去兒子，下半身行動不便，又得了絕症的女人，你們的同情心對她反而是一種虐待。」劉媽媽的聲音變得淒涼。

是的，我忘了下一句：只有活著的人才要面對痛苦！

我們爲什麼要強迫一個了無生趣、毫無未來的老女人面對痛苦？我們自以爲人道，我們自以爲在日行一善，我們以爲我們可替別人感受，我們假裝她痛苦的活著比死去更有意義！

何況並不是她想活著，就可以繼續活下去，我們勉強她接受治療，延長痛苦的時間，然後再讓她面對死亡！

我跟徐徐對望了一眼，我知道她已了解我所想的，我們似乎已心有靈犀。

我從沒有想過，我第一次面對的死亡，竟是一個跟我毫不相關的女人，但是她讓我領悟到人生有所得、有所捨，得與捨之間並沒有絕對的苦或喜，也沒有絕對的對與錯！

第八章

「陪我上街選購禮物吧！」徐徐用最慵懶的聲音說，她的身體整個縮在涼被底下。

有一天——我望著她那那完美的臉龐——有一天我會對她像對其他的女人一樣感到厭倦嗎？

「你幹嘛一直盯著我看？」她將涼被拉到下巴。

「你剛剛說什麼？」我岔開話題。

「我要你陪我上街買禮物。」

「買什麼禮物？」

「母親節禮物，下個禮拜天就是母親節，你不回去嗎？」

「我們家從來不時興那些洋派節日。」

「但是母親節不是一般的節日，你不感激母親嗎？她們任勞任怨、全年無休，有誰比得上她們的偉大？」

我聳聳肩，我當然知道母愛偉大，但是我從來沒想過要用禮物來表達感激。

徐徐一共選了四樣禮物，她認爲我也該送她媽媽禮物，她也該送我媽媽禮物。還眞是麻煩，我從沒有送過我媽媽禮物，更別說是別人的媽媽！而且——除了吃飯互請，我第一次讓女人替我付帳，這讓我很不自在。

「你還跟我分彼此嗎？」徐徐如是說，我也只好勸自己心安理得，她刷卡有人付帳，我可是要從薪水裡扣。

突然回家，母親嚇了一跳，因爲除了寒暑假我是很少回家的。

「媽！」我將禮物遞給她時，忽然感到有點害羞，長大以後，我很少再對母親表達我的感情，兒時那個老是賴在母親懷裡的小男孩，早已隨著歲月消失得無影無蹤。

「這是什麼？」媽媽疑惑的望著手裡包裝精美的小盒子。

「我送你的母親節禮物，媽！」我突然想起劉媽媽，她永遠也不可能收到兒子送給她的母親節禮物了。

「祝你母親節快樂！」我眞誠的說。

「你——你專工回來送我這個？」媽媽有些不能置信的看著我。

「拆開看看，看你喜歡嗎？」我興奮的催促她。

媽媽的手有點發抖，她的眼眶則隱含淚水，是興奮的眼淚吧！第一次感到有人重視她，第一次她覺得多年的付出有了回報！

我也感到眼眶熱熱的，我不知道一點小禮物竟能得到她這麼激動的反應，是她太容易滿足，還是我一直都太自私了？自私到不知道回報！

我熱心的替媽媽打開小盒子，多年前那個纏人的小男孩好像又回來了。

「好美！」媽媽對我手裡的項鍊讚嘆著。

那是點睛品的最新款式，變形的M字精巧的崁在鍊身上，緊密而堅固，就像母親的愛！

晚上吃飯的時候，媽媽特地帶著那條項鍊，她的臉因爲興奮而顯得容光煥發，依稀又找回少女時期的明媚。媽媽年輕時候是村裡最美的媳婦，我完全遺傳了她的大眼睛、高鼻子；多少年來，大家漸漸忘了她曾有過的美麗影子，我們習慣了她的付出，爸爸則習慣了她的逆來順受。

如果她曾受過學識的薰陶，得過新式教育的洗禮，知道爭取她該有的，那麼一切是否會有所不同？

我忽然對她感到憐惜起來，忽然感到我們曾多麼忽略她！

「媽！感謝你這些年來爲我們做了這麼多事情，」我看了一眼坐在旁邊，兩個一向沉默寡言的哥哥，他們都是老實的莊稼漢，從來不知如何表達感情。

「我跟哥哥都很感激你。」

媽媽有些不好意思的傻笑著，旁邊的大嫂連忙插嘴：「有讀書有差，連講話都不同款。」

爸爸看了大嫂一眼，嚇得大嫂趕快閉住嘴。

「吃飯！吃飯！」媽媽連忙說。

＊＊＊＊

徐徐的母親早受慣了禮物，不像媽媽那麼驚喜激動，不過我看得出來她很受用，畢竟受重視是人們所盼望的，禮物剛好提供了這項訊息。

當我夜裡帶徐徐回家的時候，媽媽也再度享受這份快樂的訊息。

她送給媽媽的是一對耳環，媽媽愛不釋手的把玩著，爸爸則掩不住訝異，我很少帶女孩子回家，何況對象又是前老闆的女兒。

我發覺事情漸漸失控；我與徐徐正漸行漸近，我們親密的在一起，我們互見對方的父母，我們也互相走入對方的生活，然後也許有一天，我會失去自由，終身受這個女人擺佈！

回到台北，徐徐又開始忙碌的生活。拿到了畢業證書，我則開始留意願意任用新鮮人的律師事務所。

他們要的都一樣，知識、膽識與口才。我都有，但是很多事務所不要未役畢的。只有兩家例外。一家專辦離婚案件，另外一家只需要立委助理。我很猶豫，我不知該選擇當一個毫無成就感的離婚律師，還是該選擇與立委有關的事務所，從此走入政治的不歸路。

我去電徐徐，約她見面。

我沒有想到我第一次面臨人生最重要的抉擇時，竟會想要聽取女人的意見。是我離失去自由的日子越來越近了嗎？我突然感到沒來由的煩躁。

「在國外律師總被與鯊魚並提，他們被認爲同樣冷血，同樣吃人不吐骨頭。如果與政治結合，又沒有選到正直的立委，那麼也許你還要爲自己加上勢利、加上貪得無厭的評語。克南，如你說的，自己的希望最重要，你希望自己將來過什麼樣子的生活？什麼對你是最重要的？只有你自己知道！」

我沉默著，我也是一直以爲自己知道。

我以爲我只要高高在上的生活，我以爲我只要聰明、勤奮、不擇手段，就可以得到一切！

我以爲我在找尋一顆更大的石頭，我以爲我在找尋一個更值得的女人！

現在，我有些懷疑了！

「如果你猶豫，就不要太快下決定，你不是還要服兵役嗎？」

「他們要我先簽約實習，等退伍就可以馬上加入行列。」

「原來打工的事務不是希望你接著做嗎？先待著吧，沒幾個月就要入伍了，等你當完兵，也許見解又不一樣，那時候再做決定吧！」

也許吧！但是原來的事務所只是個工讀生的工作，所以我又到另一個事務所去應徵。

「我們事務所很注意客源的開拓，而你是新進夥伴，一定要多費點心力。」跟我面談的律師姓簡，一口生意經，不像律師，倒像是業務經理。

「我剛出校門，沒有什麼人事背景，恐怕會讓你失望。」

「沒關係，慢慢來，沒有人能一步登天，努力最重要。」他說得很誠懇。

我很感動，看來我的第一步就很順利，我實在不應該質疑我的好運氣。

子。」

第一天上班我不敢遲到，一早西裝革履還打了一條鮮豔的領帶。

簡律師上上下下打量我，看來挺滿意。

「不好意思第一天就要你挑重任，但是大家手邊都有工作，只好由你來接這個案子。」

「什麼案子？」我很緊張，不會是個刑事案件吧！

「這家卓志電子想要法律顧問，你去跟他們接洽一下。」

「接洽？」我接過他手上的牛皮紙帶，心裡七上八下的：「怎麼接洽？」

「李小姐會陪你去，只是做個簡報。」

「現在嗎？」

「當然是現在，難道等下了班再去？」簡律師有些不耐煩了。

「但是我沒有準備。」

「資料都在袋子裡。」他揮揮手：「去吧！再拖延就遲到了。」

我拿著紙袋站在原地發愣，幸好那位李小姐隨即站起來。

「你要注意李小姐怎麼做，以後你的工作就是這些。」簡律師又揮揮手。

就是這些？都是業務接洽？那我考了律師執照做什麼？

「走吧！」李小姐接過我手裡的牛皮紙袋，善意的對我笑一笑。

我被動的跟著她走出事務所。
「很緊張對不對？」
我尷尬的笑笑，既不好意思承認，又不敢否認。
「簡律師很急性子，慢慢你就習慣了。」
我還是維持皮笑肉不笑的表情。
「你開車嗎？」
「我——我騎機車。」
「那開我的車好了。」
一路上我都沉默著，我又開始質疑我的好運氣！
【卓志電子】小小規模，老闆倒是派頭十足。
我們進去的時候已經有七八個人等在會議室裡，人手一個牛皮紙袋。
「總經理到了。」秘書小姐中氣十足，大家立刻全神貫注。
那個被稱作總經理的人威嚴的看著我們，我被看得有些發毛。
「你！」他突然指著其中一位小姐：「我們公司叫什麼名字？」
「啊——」那位小姐一緊張什麼話也講不出來。

「出去！」他一手指著門口大聲吼，大家都被他嚇了一跳，互相對看著。

那位小姐果眞膽小的走出去了。

「你！」他又指著另外一位先生：「我們公司叫什麼名字？」

「得和律師事務所。」那位先生一緊張竟然說出自己事務所的名字。

「你也出去！」總經理又大吼：「我如果是律師事務所幹嘛還找你們？」

大家都緊張的打開牛皮紙袋找尋答案。

「你！」他指著我：「我們公司叫什麼名字？」

「叫卓志。」幸好我及時翻到。

「全名！」

「卓——卓志電子科技股份有限公司。」李小姐替我說。

「我們是做什麼的？」他還是看著我。

「做——電子科技。」我瞄了一眼資料。

「兩個都出去！」他對著我大吼：「都不做功課，還想接工作！」

我實在火大了，不假思索的站起來：「請問總經理你們的顧問費預算是多少？」

「你連功課都不做，還管我顧問費是多少？」

「因爲如果公司太小，預算太少，我們事務所也不一定接呢！」我反唇相譏。

李小姐膽小的扯扯我的衣袖，我可不吃那一套，他把我們當什麼？奴才嗎？

「我們走。」我對李小姐說，然後率先走出去。

回程李小姐唉聲嘆氣的：「各式各樣的客戶都有，遇多了，你就麻木了。」

我搖搖頭，懶得反駁。

回到事務所簡律師聽完我們的報告，倒沒有責備，只淡淡的對我說：「也許你並不適合作業務的工作。」

我當然聽出他的弦外之音，所以就這樣我上班的第一天就被三振出局了！

唉！回到小窩連忙將今天的奇慘遭遇一股腦兒向徐徐傾訴。

「那個總經理是個神經病！」我忿然下結論。

徐徐笑得前仰後合。

「至少你得到一個教訓，沒有做功課，就別想得到好工作！」

我轉而到那家專辦離婚的事務所。

「很好，很好。」那位禿頭帶著一副小眼鏡的游先生非常滿意的看著我的履歷表：「我們正缺少一個有律師執照的。」

「可以今天就開始上班嗎？」旁邊一位胖胖的小姐問。

我遲疑的點點頭，忍不住問：「公司除了離婚案件還接別的案件嗎？」

「很少。像我，」他聳聳肩：「只有代書執照，怎麼接案子？」

我實在有點後悔，但是既來之則安之，總不能臨陣退卻吧！

「會打字嗎？」那位小姐又問。

「打得不是很快。」

「沒關係！」胖小姐將一份資料扔在我旁邊的桌上，「先把這一份離婚協議書打好，客戶等一下就來。」

「謝太太的嗎？」游先生皺皺眉頭。

「是呀！剛剛打電話說十點會過來。」

「這是第幾次打離婚協議書了？一次也沒離成。」游先生繼續皺眉頭。

「反正打一次五千塊，管她打幾次。」

「不好意思，你就開始工作吧。」

我拿著那張草稿有些發愣，如果往後幾個月我都要打離婚協議書度日，我一定會發瘋。

「你說你姓程嗎？」那位胖小姐粗聲粗氣的。

「程度的程。」我故意不看她。

「小程，等一下謝太太來，你就跟我一起當他們的證人。」
「什麼證人？」
「離婚證人啊！一個人頭三千塊呢。」
離婚證人？我真的開始後悔，這算工作嗎？
一會兒，一對男女走進來，男的一臉怒意，女的則哭哭啼啼。
「請坐，請坐！」胖小姐堆滿笑臉。
「他媽的我們要離婚。」男的一坐下就說。
「考慮清楚了嗎？」游先生倒還有人性。
「證件帶了嗎？」胖小姐急急問。
那個女的哭得更厲害了。
「身分證跟印章就可以吧。」男的掏出證件，「他媽的，孩子我都不要。」
「雙方有什麼特別條件嗎？」游先生拿出十行紙準備草稿。
「離婚協議書一份一萬元，證人一個三千元。」胖小姐沒忘記先開價碼。
「他媽的，離個婚還這麼貴，你有帶錢嗎？」
女的將身分證印章連同皮包丟給男的。
「他媽的，原來你早就準備好了，還假裝哭得那麼淒慘，老子差點被你騙了。」

「是你自己說要離婚的。」女的終於開口。

「他媽的！老子不離了。」男的站起來將所有東西都收起來。

「身分證跟皮包還我。」

「不還，想跟我離婚，他媽的，門都沒有。」

男的拿了所有東西逕自往外走，女的連忙追出去。

「眞衰，一早就遇到一個神經病。」胖小姐悻悻然。

「謝太太快來了吧？」游先生看看時鐘，「第一個生意就沒作成，會倒楣的。」

我同情的望著那個女人的背影，不知道她怎麼跟一個開口閉口都是【他媽的】的男人生活下去。

我更同情我自己，我怎麼在這種環境工作下去！

晚上見了楊正文，他及時解救我。

「純執業的事務所你待過了，都一樣。參與政治的，也許有更大的發揮空間，年底就要選舉了，我表舅的事務所正缺人，他們的競選團隊更需要新血，尤其是有法學素養的。我已經在那裡上班，你也可以先去試試看，反正我們還要服兵役，不喜歡時，等當兵就走人，也不會有什麼損失。」

也對，反正是一個等服役的空檔，既不會有什麼損失，又可多一段不必太糟的經驗。

有了兩次的求職經驗，這一次我有心裡準備，並不抱著特別的期待。

事務所蠻大的，還有專門的打字小姐；胖胖的，奇怪，這年頭胖胖的小姐好像特別多。

楊正文的表舅姓蘇，是一位王姓立委的法律顧問，他的事務所長期與該立委配合，該立委既是客戶，也是合夥人。

我去面談的時候，王正平也正好在那裡開會。派頭蠻大的，跟電視上親切的模樣判若兩人。

「誰不是這樣呢？我們是替他辦事的，如果他見我們，也要裝扮一副笑臉，多累人。」楊正文這樣解讀。

「其實他對工作人員不大會擺架子，算是好上司，我以前打工時見過更難伺候的，官腔十足，沒人時還會吃你豆腐，立委跟常人一樣，只是多一個頭銜，也多一點銀子。」這是謝千惠的評語。

也罷！反正既來之，則安之。我是來工作，又不是來渡假，講究品質，講究舒服，還要值回票價？

第九章

「我下個禮拜三開始上班，薪水還不錯，晚上請你吃王品。」

我難得這麼慷慨的，徐徐卻面有難色。

「我——可以改在明天嗎？我今天晚上有事情。」

「有什麼事？」

「我約了去拜訪一個教友。」

又來了，她的日行一善！

「明天是你的環保日。」我提醒她：「我們不可能七點二十分以前回來，我又不想七點二十分以後才出去。」

「後天呢？後天可不可以？」

「後天我約了楊正文他們聚聚，我們好久沒一起吃飯了。」

「那麼就明天吧！這次的東西也不多，我可以下個禮拜再一起拿去回收。」

「隨你囉！」我有些意興闌珊，我討厭計劃好的事情又做變動。

「我去去就回來，回來我請你看《濃情巧克力》好嗎？」

「那這段時間我做什麼？禱告還是懺悔？」

「你也可以陪我一起去。」她小聲的說，一面觀察我的神色。

我本想發脾氣的，但是我想起劉媽媽，也想起我的母親，如果我感激她帶給我母親快樂，爲什麼不陪她也帶給別人快樂？

所以雖然不是非常樂意，我還是又決定陪著她日行一善。

「後天，我可以跟你參加你與同學的聚會嗎？」按完門鈴等待開門的時候，她忽然問。

「你不會有興趣的。」我下意識推阻。

「我很有興趣，你不覺得我該跟你的朋友認識認識嗎？」她狐疑的望著我：「除非有什麼人是你不願讓我見到的。」

「那——」我還沒開始否認，門已經開了。

「徐徐呀！我不是叫你不用來嗎？」開門的婦人說。

她口中的教友原來是上次在劉媽媽家幫我們開門的林媽媽。

「林媽媽，馬神父一定要我來一趟，他認為你不該獨居。」

「進來，進來，裡面坐。」林媽媽一面引我們進門，一面說：「其實我早習慣了，獨居好，自由自在的，也沒什麼不方便。」

「問題是你有心臟病，醫師說隨時都可能發作，你不再適宜獨居了。」

「我——」林媽媽替我們倒了兩杯開水，然後坐在沙發上。我們也跟著坐下。

「我不想讓我兒子為難。」她說。

「奉養母親是義務，也是責任，怎能算為難？」

「我們以前也住一起過，他跟我媳婦每天吵吵鬧鬧的，都是為了我。我想想，何必呢？我自己一個人過日子，還不是挺好的。」

「我說了，你不再適合一個人過日子，不管你怎麼想，我們決定管這件事，馬神父正在你兒子那邊跟他們溝通。」

「什麼？馬神父——走，走，我們去看看，我怕他們吵起來，我媳婦說話很不留餘地的。」

我們匆匆趕到和平東路，他們果然吵起來了，來應門的林先生一臉懊惱神色。

「國慶，我不知道馬神父會來。」林媽媽急著解釋。

「媽，你爲什麼不讓我知道你病了？」林國慶懊惱轉爲關切。

「馬神父，我覺得你該管的是教會的事，而不是別人的家務事。」裡面傳來尖銳的女聲，那位林太太果然不留餘地。

林媽媽與徐徐快步衝進去，我則很尷尬，平白無故捲入人家的家務事，我覺得我們眞是窮極無聊，蘇珊沙蘭登管到太平洋，我們則是管到大西洋了。

「請進吧，這位先生。」林先生說完也搶著進去，我只好也跟著進門。

「有惠，不要對馬神父不禮貌。」林媽媽低聲對媳婦說。

「是馬神父不禮貌在先吧！」那個叫友惠的女人氣呼呼的說：「我沒管教會的事，他就不該來管我家的事。」

神父瞪大了眼睛說不出話，他大概從沒有遇過這麼潑辣的女人。

「林太太，」徐徐上前一步：「你有幾個孩子？」

林太太愣了愣：「關你什麼事？」

「你這樣渾身是刺，我們很難談下去。」

「我本來就沒想跟你談，是你們自己找上門來。」

「有惠！」林先生大聲喝阻她：「你不要讓我難做人。」

「你難做人，我就好做人嗎？是你媽媽自己要搬出去，我趕她還是推她了？現在每

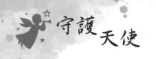

個人都派我的不是，認爲我是惡媳婦，你替我說過半句公道話了嗎？」

「你要我怎麼說？你確實是惡媳婦啊！」

「你——你王八蛋！」林太太氣瘋了。

「既然你認爲我是王八蛋，我也認爲你是惡媳婦，那麼我實在想不出我們還有什麼理由生活在一起。」林國慶出乎意料的平靜。

「林國慶！」林太太怒極而吼：「你有良心沒有，我每天上班，還要燒飯帶小孩，累得跟條牛一樣，現在，現在你竟說出這種話，你說，你是什麼意思？」

「我是很感謝你這些年的付出，既然你很累，我也很累，那麼我們何不各自休息，給對方一個喘息的空間。」

「你到底在說什麼？」

「我在說我們離婚吧！」

「你胡說什麼！」林媽媽嚇了一跳，我們也都很意外他會這麼說，我原以爲他太寵老婆了。

「嗚……」林太太突然坐在沙發上啜泣著，先前的氣燄消失得無影無蹤。看見媽媽在哭泣，三個瑟縮在旁邊的孩子也圍過來一起哭起來。

「林先生，可以麻煩你帶林媽媽離開一下嗎？我想跟林太太說些話。」徐徐坐到林太太身邊。

「你只是白費力氣，我們吵過幾回了？要聽她早聽了！」林先生嘴裡這麼說，但還是帶著小孩與林媽媽離開了。

「林太太，這三個小孩都是你的吧？」

「是啊！嗚……」

她哭得可真悲慘，如果不是看到她先前張牙舞爪的模樣，還眞會以爲她受盡了委屈。

「你希望你的孩子將來是什麼樣子？」

「嗯？」她顯然不太理解徐徐的問題。

「你一定希望他們勤奮、好學能出人頭地，是不是？」

「當然！」這回她聽懂了：「那兩個大的，功課都很好。」

「這方面你一定非常用心。我相信他們長大後一定會有成就，也應該對你非常孝順，你一定很希望他們會孝順你吧？」

「那當然，我對他們付出那麼多，你不知道我多麼辛苦嗎？」

「你是很辛苦，」我忍不住插嘴：「不過如果你希望你的兒女永遠孝順你，我建議你不要讓他們結婚。」

「爲什麼？」

「因爲他們的老婆如果都像你這樣的話，他們就會面臨他老爸現在的情形，是要當個不孝子呢，還是乾脆離婚。」我沒有徐徐的耐心，再說這種女人也該給她當頭棒喝。

「我——我也沒不讓他媽媽住在這，是她自己要搬出去，現在又怪我。」

「但是你們天天吵架，林媽媽一定是因爲不想你們家庭破裂，才委屈自己。」徐徐又接口了：「想當初她也跟你一樣，對兒子充滿期待吧！」

「我也不是故意挑惕，但是我婆婆教育小孩的方式，我實在很不同意，我很怕她把小孩教壞了。」

「你覺得你先生是個怎樣的人？他有什麼特別的壞習慣嗎？他偷懶、不負責任，或者暴力相向，還是作姦犯科？」

「當然沒有！」林太太莫名其妙的瞪著徐徐。

「那麼她應該把你先生教得很好，我相信她也不可能把她的孫子教壞。也許老人家會比較寵孫子，那也是因爲她愛他們。你愛你的先生，愛你的孩子，她也一樣，你們愛的是同樣的對象，有誰比你們更親密？」

林太太垂下頭，無語的沉默著。

「你可以選擇吵吵鬧鬧過一生，甚至離婚收場；你也可以選擇關愛婆婆，重新贏回你丈夫的愛及家庭的和樂。」神父走上前來，語重心長的說。

「沒有你想像中困難，林太太，」徐徐拉起她的手，「把她當成你的母親，你會發現她也是把你當女兒的。」

林太太繼續沉默著，臉色和緩許多。

徐徐耐心的看著她，我可沒有這麼有耐心，我清清喉嚨正想再給她一點當頭棒喝。

「謝謝你們，我會儘量做到。」她終於說。

我鬆了一口氣，他們當然也都皆大歡喜，接下來就是含著淚水和解，就像連續劇裡演的那樣，只不過沒有那麼肉麻，那麼誇張！

唉！我的馬路小天使又完成美事一樁，我發現做好事就像吸毒一樣，也會上癮的，雖然功臣不是我，我還是覺得與有榮焉。徐徐更是回家的路上嘴都沒辦法合攏起來。

「剛剛的問題我還沒得到答案呢？」回到住處，她突然收起笑臉。

「什麼問題？」我又被她弄迷糊了。

「爲什麼你都不讓我參加你的聚會？」

「後天嗎？請吧！」我無可無不可，其實我想過了，楊修萍已知道她，我也沒有想追楊修萍的念頭，那麼帶她去見他們，對我來說並沒有損失，我何必弄得疑影幢幢！

＊＊＊＊＊

爭取了老半天，結果徐徐還是沒能參加我們周日的聚會，因爲劉媽媽住院了，徐徐受託照顧她一個晚上。

「你們的教友都像你這麼熱心奉獻嗎？」我很懷疑。

「也——有的也沒有，其實——是大部分都沒有，」她決定老實說：「大家都很忙，我是學生，空閒比較多，我相信如果他們有時間，也是會非常樂意做……」

「小姐，」我打斷她的演說：「你這樣說不算在說他們的壞話，你不必有罪惡感，而且不肯奉獻是他們的損失，不是你的。不過我覺得在這種功利主義掛帥的社會，他們才是正常人，你們可能是基因突變！」

「你應該多跟我跑教堂，你會發現……」

「世人都犯了罪，虧缺了神的榮耀，有了機會就當向衆人行善。」我替她說，「你也該多陪我參研佛法，你就能心如明鏡，身似菩提，見山又是山，見水又是水了。」我順口胡謅，竟也通暢流利。

「你什麼時候開始參研佛法了？」她忍住笑。

「當我勘破紅塵，四大皆空的時候，」我吻吻她的臉頰：「走吧！你去發揚天主耶穌的大愛，我去會我的酒肉朋友。」

我的酒肉朋友全到了，連蔣換文、黃勝雄都沒缺席，楊修萍更不用說。

「程克南，我們把媽媽的衣服及奶奶的臉都帶來了，你帶什麼來呀？」高映慈眞會記仇。

「我帶了我哥哥的老實，可以吧！」我連忙討饒。

「噫？你們有沒發現每次聚會，程克南都是最後一個到的。」謝千惠像發現新大陸。

「他比較大牌，你不知道嗎？電視上那些紅牌影歌星錄影時一定要遲到的。」高映慈又接腔。

「小姐們！」我舉起水杯：「我道歉，我千不該萬不該，帶著我哥哥的老實也就算了，竟然還穿了我爸爸的衣服，帶了我曾祖的臉，我罰自己喝一杯。」

我灌了自己一大杯水，高映慈與謝千會總算稍解前嫌。

蔣換文與黃勝雄卻被我弄得一頭霧水，不知道我到底在扯什麼。

「你眞決定到聯廣上班？」楊修萍顯然還是很關切我。

「去試試看，反正只是一個空檔。」

「聽說王立委很有企圖心，如果你對政治有興趣，這倒是很好的開始。」

「是呀！也許以後又多一個程立委，要名有名，要利有利，我們可要等著你提拔。」黃勝雄不知是捧場還是諷刺。

「知道律師與立委的差別嗎？」我問。

「律師的律要捲舌。」蔣換文以為他在玩腦筋急轉彎。

「律師要上法庭，立委只要關說就萬事ＯＫ。」黃勝雄想的總是旁門左道，不過所差不遠。

「這是複選題嗎？」楊修萍看著我：「答案應該不止兩個吧！」

「對！好幾個，律師只追逐一張判決書，立委要的可多了，他要權、錢，還要掌聲。」

「所以立委累多了，魚與熊掌要兼顧，可得費很多工夫的。」楊修萍一點就破。

「也有立委是很認眞的，你們別一竿子打翻一船人。」終於有人替立委說話了。

「說了老半天，你到底是想當立委，還是不想當？」蔣換文聽糊塗了。

「我不知道。」我認眞想了一下。

「那豈不白搭？」

「我的腦子告訴我，財富、名聲、大好前程都掌握在自己手裡，要盡力去爭取。我的良心卻告訴我，大丈夫有所取，有所不取。」我越說越感到心平靈靜，忍不住更滔滔不絕：「世人都犯了罪，虧缺了神的榮耀，有機會就當向眾人行善，不可見利忘義……」

他們一個個睜大眼睛驚奇的看著我，我自己也感到驚奇；我發現無形中，我正慢慢受到徐徐的影響，我的人生觀，我的價值觀正在崩解，我不再知道什麼是我最想要的。不！該說我不再知道什麼是我該要的。如果我已有了寶石，那麼我還要一顆大石頭做什麼？如果一棵樹就夠我遮風避雨，那麼我何必貪心的要整座森林？

回程的時候，我已經有些醉了，我忽然不想獨自躺在冷清的床上。我忘了擔心犯了罪，虧缺了神的榮耀，我打電話約了張凱梅。

不！其實我沒那麼醉，我只是想做愛，想放縱自己，以前我想做這些事的時候，我不會替自己找藉口，所以現在我實在也不必告訴自己我醉了！

我雖然醉了，我的腦袋瓜其實很清醒，我知道自己在做什麼，我想我是有些想懲罰徐徐。我討厭她對教會的事那麼投入，我也討厭日行一善的使命感給我壓力，某些時候我總是特別懷念放縱的時刻，特別想解放自己，但是我內心又知道她是對的，她做的是有意義的事。

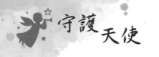

我現在要做的卻是沒有意義的事，但是我可以說我醉了，我可以告訴自己：也許我並不明白自己在做什麼。

唉！所以我就一直告訴自己：我真的醉了！我忘了什麼該做，什麼不該做。

「你的女朋友呢？」張凱梅一見面就質疑：「你只有寂寞的時候，才會想到我吧！」

「至少我寂寞的時候就會想到你，有些人我連寂寞的時候也不會想起他們。」我舒舒服服的躺在床上，等著她移樽就教。

「我很榮幸囉！」嘴裡說榮幸，臉上可沒有榮幸的表情。

「怎麼？」我伸出手將她拉向我。

她的手也不再閒著，她替我除掉衣褲，然後解除自己的武裝，將整個滾燙的身體緊貼著我。但就在我進入非常狀況時，她突然停住。

「給我一個承諾吧！」她似笑非笑的。

「承諾什麼？」

「永遠愛我，願意跟我結婚什麼的。」

「你在趁火打劫嗎？」雖然已經陷進迫切的危機，我還是不願意鬆口。

「有這麼困難嗎？你說說謊也可以，爲什麼要這麼固執？」

「你需要我的承諾做什麼？儲存起來嗎？一打開電腦就可以瀏覽？外出的時候還可以列印出來攜帶出去？」

「我只是想當標本，偶而可以向自己炫耀。」

「誠實是我僅有的美德。」我沉下臉，我發現我的危機正在漸漸解除，高舉的戰旗已雄風不再。

她也發現了，連忙謀求補救，但我已意興闌珊。

我推開她坐起身。

「你生氣了嗎？」她開始惶恐。

「不！」我看著她，忽然覺得抱歉，如果我不想承諾，而如果她希望我承諾，那麼我是不是不該再誤導她呢？我是不是該讓她知道她只是在浪費時間？

我讓她離去了，這當然不能算日行一善，但至少我還是遵守我的誠實原則，至少我不必讓我的謊言被做成標本，釘在她的心牆上！

第十章

好像有兩個古人爲了人性本善，還是本惡爭論不休。

我覺得兩個人都沒錯，人性本就善惡交織，當亞當與夏娃吃了分辨善惡的果子，從此註定了人類一生，都要爲這兩個字而心靈交戰。

有一瞬間，我曾覺得自己已跳脫大石頭與整座森林的迷思，我好像已脫胎換骨，但是當我又走入紅塵時，那個原來的我又出現了！

寬裕的生活實在舒服，掌聲的歡欣實在誘人，我已無法分辨我是在向上提升，還是在向下沉淪。

優渥的薪水讓我有能力搬離原來的住處，我現在住的是一間衛浴、傢俱齊全的大套房，事務所還配給我一支行動電話。

我坐在沙發上，喝著冰箱剛剛拿出來的罐裝啤酒，一面回想著下午的演講。

上天眞是太眷顧我了！

王立委家有急事，他的文宣主任竟也發生了小車禍，所以我臨時成了唯一上得了台的人選。

三年辯論比賽的台柱，早練就了我一身好工夫，即席演講對我來說簡直易如反掌。

「政治的藝術」好爛的講題！政治有藝術的成份嗎？朱高正不是說過政治是高明的騙術？

我站在台上對台下的學子侃侃而談：「……政治不是只有選票，政治還須對歷史負責，政治不是只有法案，它還須認同與肯定，政治也不是慈善事業，做了就有人鼓掌！……在爭執中我們必須懂得妥協，在妥協中我們又必須有某些堅持。只要是攸關全民利益，就是我的利益……政治是政通人和，政治是永續經營，政治要不分黨派，政治也要擇善固執……」

其實我內心認爲政治什麼都有，就是獨缺少藝術，更不可能不分黨派，我沒有認爲它庸俗，已經是抬舉它了。

我輕鬆的上陣，輕鬆的贏得台下的掌聲，當然也輕鬆的奠下我在競選團隊的地位。

「我不知道你口才這麼好，應變這麼好，外貌又出眾，好好跟著王立委，你的前途一定不可限量。」蘇立得不止一次這樣對我說，他大概很得意自己挖掘到一顆明日之星。

王立委也開始會在開會的時候，特別詢問我的意見。突然間我好像變得重要起來……

徐徐進門的時候，我已經有些醉了。

她看起來還是那麼單純，那麼完美，當她慢慢走向我的時候，我好像又回到了我們初相識的時候。

我感到喉嚨發緊，全身燥熱，我扔下啤酒灌，粗暴的擁吻她。

儘管我被慾望沖昏了頭，還是記得做愛不是征服，做愛是兩情相悅，所以到現在我仍然不想勉強她。

「如果我不來找你，你是不會來找我的，對不對？」她幽幽的。

「我很忙。」我翻起身，點燃一支煙。

「你什麼時候開始抽煙了？」她皺起眉頭。

「開會的時候，有時候很沉悶，同事會遞一支給你，慢慢就變成習慣了。」我按熄煙頭，其實我還沒有很上癮。

「你還喝酒？」她看著啤酒瓶，好像在看一條毒蛇：「人家說一個人如果開始獨飲，就要注意酗酒的問題。」

「小姐，這只是啤酒，就像喝飲料一樣，我只是口渴，好嗎？」

「那爲什麼不乾脆喝飲料就好？」

「我又不是清教徒，我幹嘛對自己那麼嚴格。」我站起來，又點燃一根煙。

「你變得我都不認得了。」她環視整個房間：「你以前不是這樣生活的。」

「我沒有變，是你沒有完全了解我，而且，我以前只是學生。」

我猛力吸一口煙，又猛力吐出來：「你遲早要習慣社會人士的生活。」

「如果是過得更糟，我寧願不習慣。再說，並不是學會抽煙或喝酒，就可以讓人覺得你比較成熟。」

「更遭或更好，是個人的感受，沒有人強迫我，我也不需要用抽煙喝酒來換取別人的肯定，我只是喜歡，我喜歡隨心所欲，喜歡爲所欲爲，像你喜歡上教堂，喜歡管別人的閒事一樣。」

她漲紅了臉，垂下頭。

我不想說這些的，但不知爲什麼竟脫口而出，也許我只是想反駁她，想封住她的嘴。我也並不眞認爲她做的事完全沒有意義，但是我說過我對美德有一種懶散的頹廢，尤其是像我現在這麼忙的時候。

不用說，那天晚上我們有點不歡而散，她嘴裡不再說什麼，神情可很不以爲然。她

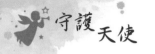

不習慣反駁我，更別說對我發脾氣，但是我知道她跟我一樣固執，對某些事的堅持超乎想像的固執。

而我，是有些介意她的堅持。好像跟她在一起的時候，有一個不一樣的我，會慢慢的出現；我開始會思考一些大道理，我會忘了汲汲營營，會忘了整座森林，我會認爲幫助別人是有意義的事，我甚至會記起我曾宣誓日行一善！

但當我走入社會的熔爐，當我爲生活奮鬥時，那個原來的我又回來了！我記起我的雄心壯志，我記起我的最初夢想，我不再心如明鏡，更不知菩提何物。我想的是更大的石頭，我覬覦的是整座森林！

那一個我才是完整的我，才是眞正的我？抱著她的時候我不知道，她離開的時候，我更不明白。

＊＊＊＊

劉媽媽的情況開始不大好，徐徐幾乎是三天兩頭往醫院跑。

我有些不高興，做善事是施予，並不是義務，尤其是會影響正常的生活作息時。

「她只是一個教友，連親戚都不算，我不懂你的想法，你想競選好人好事的代表嗎？」陪她步出醫院的時候，我提出抗議。

「國一的時候，有一個我最喜歡的老師生病了，她是個寡婦，也沒有孩子，所以只有教會的修女照顧她。那些修女任勞任怨，無休無止，你知道癌症末期的病人常會劇痛而且發出惡臭嗎？到最後那段時間除了我，就只有修女還願意接近她。那時候我曾對上帝發願，如果祂能解除我老師的痛苦，我願意一輩子侍奉祂。」

「上帝回答你什麼？」

「沒有，我不可能聽得到祂的回答。」

「如果祂聽得到你的發願，爲什麼你聽不到祂的回答？」

「因爲我是一個凡人，而祂是神。」

「那麼你爲什麼不只做凡人會做的事？」

「我是呀！所以我沒有當修女。你們的慈濟信衆不也在做善事結善緣嗎？他們甚至做得比我還多。」

「上帝回應了你的發願嗎？」

「第二天我的老師就死了。」

「那是你發願的目的嗎？」

「當時我沒想那麼多，我只是不想再看她那麼痛苦。至少她不再有痛苦，是不是？」

我搖搖頭：「不要以爲你沒成爲修女，會虧欠上帝什麼，你做得夠多了。」

我有些慚愧，我從不主動做些什麼，但我從不覺我對上天有什麼虧欠！我這樣的人多不多呢？

走到了急診室邊，有一具擔架擋著路，擔架上是個軍人。鮮血染滿綠色制服。

醫護人員拿了一條白布蓋在死者的臉上，好幾個記者拿著麥克風擠進圍觀的人潮。

「請問他在那個單位服役？」

「他是新兵嗎？」

「是感情糾紛嗎？還是受了上級壓力？」

「他結婚了嗎？」

記者們七嘴八舌詢問，家屬則呼天搶地哭著，沒有人回應記者的問話。

「你是死者的母親嗎？」一個記者將麥克風湊近一位哭得最慘的中年婦人的嘴邊問。

中年婦人茫然的看著他。

「你兒子是怎麼死的？」另外一個也把麥克風湊過去。

「他是自殺嗎？有沒有人該爲這件事負責？」一個更尖銳的問題被提出來，好幾根麥克風同時停留在那婦人嘴邊。

那中年婦人眼淚直流，哭得一句話也講不出來。

「走開，別吵她。」一個少女衝過來推開記者。

「軍方要你們閉嘴嗎？」

「我要你們閉嘴！」少女已經抓狂了。

「人們有知的權利。」一個記者站到少女面前。

少女氣得發抖。

徐徐忍不住走過去：「各位先生，我這輩子從沒有詛咒過人，但這一次我忍不住要說，你們也有可能會失去最珍愛的人，那時候你們就會了解那是什麼感受。」

「你怎麼講這種話，我們只是在盡職責，我們有忠實報導的義務。」

「當你的親人發生意外時，請一定記得人們有知的權利，別人也有忠實報導的義務！」徐徐盛怒的推開那些麥克風。

我很少看見她發怒，她不是個喜歡發怒的人。

那些記者也怒視著她。

「你也是家屬嗎？」其中一個問。

我只好走過去：「死者不是公衆人物，他沒有被知的義務，請大家高抬貴手吧！」

「咦？你不是王立委的助理嗎？」一個記者認出我。

「你跟死者什麼關係？」另一個馬上問。

「不！不！我不認識死者，我只是路過，大家再見！」我拉了徐徐就走。

「你怎麼了？」走出醫院，徐徐停住腳，顯然怒氣未消。

「那又不關我們的事，我不想太得罪記者。」

「你只是沾上一點邊，就變得現實而冷酷，政治都是這樣嗎？只挑有口碑的做。」

「跟政治無關，我是覺得那些記者並無惡意，他們只是不明白家屬的苦，他們以爲這是在關心。」

「只有眞正痛苦過的人才能理解那種心情，他們只希望能好好的哭，默默的受，連安慰都是多餘的。」

我靜靜看著她，我也沒有受過那種苦，所以我並不理解。連安慰都是多餘的，那是怎麼樣的一種痛苦？

台北在下雨，而且一連下了好幾天。

沉鬱的天空讓大家也跟著無法開朗，競選活動也因此暫時停頓。

我無所事事的躺在租來的套房內，音響裡周杰倫大聲的嘶吼著。我一個字也聽不清歌詞是什麼。但是誰在乎呢？現在的孩子只要夠嗆夠辣，能大聲的吶喊就好。

電話鈴響了，是王立委。我連忙關掉音響。

「有一棟大廈要開住戶大會，你送一份抽獎獎品過去，順便對那些住戶說些話。」

「要送什麼獎品呢？」

「就送一輛腳踏車吧！我讓張復國開車去接你，唉，每逢選舉人們就會趁機揩油。」他有點悻悻然，大概選舉經費用太多了。

我照他的吩咐送去了腳踏車，還上台致了詞，掌聲零零落落的，我突然有些倦勤。回程的時候雨開始粗暴起來，我們等在紅綠燈下，一位母親帶著孩子過馬路，她將傘大半撐在孩子頭上，自己淋了一身溼。

「母愛眞偉大，對不對？」張復國感嘆的。

看著那對母子，我突然強烈的想念起我的母親。

一早，我就搭了車回家，媽媽又被我嚇了一跳。

「你不是在上班嗎？」

「我回來看你。」

「我不是好好的？」她臉上堆滿了笑，我覺得我這一趟回來是對的。

「你知道嗎，我現在開始在上課了。」媽媽有些羞澀。

「上什麼課？」

「國中啊！我會看英文字母了。」

「上課好玩嗎？」

「我並不是把它當成好玩的事，而是把它當成人生的另一個起點。」

喲！讀了幾天書，媽媽講的話就不一樣了。

「這是老師告訴我的話。」媽媽噗嗤笑出聲：「很有哲理吧。」

「爸爸也有去讀書嗎？」

「他才不愛。」媽媽拉我坐到窗戶邊：「那位趙小姐呢？有沒有跟你一起回來？」

「沒有。」我搖頭。

「爲什麼？不會又分手了吧？」媽媽擔憂的。

「沒有。」我仍搖頭。

「你會跟她結婚嗎？」

「會吧。」這一次我沒有搖頭，我有些疑惑。

「你老是換女朋友，我很擔心，這位趙小姐看來不錯，你不要太挑了。」

「我很困惑，媽！我永遠沒有辦法對女孩子專一，這算正常嗎？」

「我雖然沒讀什麼書，但是對男人的毛病可比你懂得多。你不是不正常，你只是還沒辦法定下心來。」

「你跟爸爸是自由戀愛嗎？」

「當然！」媽媽很驕傲：「你爸爸是我的初戀，我們那時候可不像你們，換愛人像換衣服一樣。」

「衣服越多越好，一生只有一件衣服太單調了吧。」

「那是你們男人的想法。」

「爸爸也是這樣嗎？」

「第一次知道你爸爸外面有女人的時候，我眞想死。」媽媽的眼睛望像窗外：「但是我捨不得你，你才十一歲，我怎麼能丟下你呢。」

「原來爸爸搞過外遇。」我以爲老爸很老實的。

「第二次的時候你剛上國中，」媽媽繼續說：「上國中的孩子最容易變壞，所以我又忍了下來。」

「你從來不吵嗎？爲什麼我都不知道。」

「當然吵，無數次以後我就麻木了，我想等他累了、倦了，就會回來。」媽媽收回目光望著我：「你們男人眞壞，對不對？」

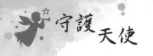

「沒有人例外嗎？」

「當然有，你姨丈就從來不鬧事。不過——」媽媽很困惑，「如果他鬧事我也不一定知道，那時候你爸爸的事我就很怕人家知道，我覺得很丟臉，好像都是我的錯。」

「你太軟弱了。」

「這是我們的祕密，好嗎？」媽媽變得有些害臊。

舊時代的女人眞可憐，爸爸無事人一樣，媽媽卻背負著不堪的祕密。

「現在你們都長大了，我也有了新目標，眞奇怪，你爸爸反而安分了。」

一路上回台北我都在想媽媽的話，我會不會結婚就安分了呢，還是會像父親一樣不斷的出軌？然後有一個把我的出軌當成祕密的老婆？

母親沒有給我任何答案，她只給我她的祕密！

而當我一回到台北時，我就忘了媽媽的祕密。

「介紹你認識一個人！」

當楊正文在電話中神神祕祕時，我馬上躍躍欲試。我很好奇，什麼人讓他這麼鄭重其事，他想介紹新的女朋友給我嗎？

第一次我沒有遲到，其實上班以後，我很注重準時，那是成功的第一個條件。

楊修萍也來了，我對她點點頭，她也對我點點頭，我發現她有些憔悴。

侍者端來冰水，大家各自點了飲料後，楊正文首先開口：「這是蘇品璇，我表姊。品璇，他就是程克南。」

「你好！蘇小姐！」我對她點點頭，這才仔細看著她。

眼前的女人讓我眼睛一亮，我很少看到這麼亮麗的女人，她不但臉蛋漂亮，身材惹火，一身打扮更是搶眼。

「程克南，」她笑著直呼我的名字：「你比傳聞更好看，希望你的本事也一樣。」

「克南，我表姊是王立委的秘書，剛從英國遊學三個月回來，以後你們是工作夥伴，所以她想先認識你一下。」

「我也希望表姊的本事跟美貌一樣。」

「你的嘴很甜，不過別叫我表姊，我怕被叫老了。」

「那我應該叫你什麼？」我盯著她，沒辦法，我有些被吸引了，她應該大我幾歲吧！像她那麼成熟的女人，會不會覺得我太稚嫩了？

「叫我蘇小姐，更熟的時候，你可以叫我品璇。」她也不客氣的盯著我，我發現我竟有些——害羞。

忽然我很氣惱我自己，我發現只要面前出現個動人的女人，我就蠢蠢欲動，我是生理有毛病，還是心裡有毛病？

我刻意移開眼光看著楊修萍：「小楊說你要到美國唸書？」

「是的，九月的時候。」她有些落寞。

「到時候再跟你餞行。」

她笑了笑，沒再說什麼。

我有些心慌，只想再找些話題，卻又不知該說些什麼，我原是口若懸河的。

「品璇，你明天就開始上班嗎？」楊正文總算先找到話題。

「我想先休息一個禮拜，好累。」蘇品璇慵懶的靠在椅背上，她舉手投足間都充滿了女人的魅力，剛罵完我自己，我竟又看得有些痴了。

侍者端來了飲品，我跟蘇品璇剛好點了同樣的東西，我們都喝藍山咖啡。

「你也喜歡喝咖啡？」

「跟著我女朋友喝慣了。」我說。

她有些訝異的看了楊修萍一眼。

我不知道爲什麼要提起徐徐，我是要提醒自己，還是只想扳回一城？我剛剛實在太失態了，任誰都看得出我魂不守舍，多丟人！

「聽說你替王立委上過演講台，而且講得非常好。」

「克南是我們學校的辯論王，什麼演講能難得了他？」楊正文眞會替我吹捧，不過說眞的，我覺得受之無愧。

「對政治有興趣嗎？想不想參政？」蘇品璇優雅的端起咖啡。

「我不知道。」我是不知道該怎麼回答，我該說有興趣，那表示我有野心，想對王立委取而代之；還是該說沒興趣，那又如何解釋我爲什麼要加入這個團隊？

「你會是個可塑之才，外貌討好是你的最佳本錢。別以爲有錢，有好學歷、好口才，就萬事ＯＫ，其實外貌很重要，天生一張看來老實英俊的臉，讓你比別人容易獲得認同，這是老天爺的厚賜。」

這是她的讚美吧！我不知該回答什麼，只好乾笑幾聲。

「你叔叔也一直誇他有副天生的政治明星架子。」

「叔叔？」我想起事務所的老闆，他不也姓蘇嗎？

「品璇是蘇董的姪女。」楊修萍對我解釋，她好像看出我的好奇。

蘇品璇的手機響了，她連接聽電話的姿勢，都像受過模特兒訓練，我——我又看得出神了。如果說我有一張天生的政治明星臉，那麼她也是有一張天生的明星臉，及一副天生的模特兒架式。

「我先走了，你們慢慢聊吧。」聽完電話她站起來說。

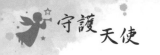

「你男朋友打來的嗎？」楊修萍是故意問的嗎？

「不是男朋友，是男的朋友。」

蘇品璇對她笑笑，又看了我一眼，然後對我們揮揮手，走了。

我看著她的背影，好像失落了什麼。

「如果她不是足足大你四歲，我會說她是個可以少奮鬥好幾十年的好對象。」楊正文低聲對我說。

「那只是我們在學校的玩笑話。」我有些煩躁：「你可以不要一直記著嗎？」

「你們低聲在說些什麼？」楊修萍湊近臉。

「我說蘇品璇大概下一次的議員選舉，就會出馬。」楊正文回答得很快。

「她一直對政治很有野心，」楊修萍像是對著我說：「政治才是她的男朋友。」

第十一章

蘇品璇果然是個很有企圖心的人，她不但認眞、積極，而且全心的投入，最重要的是她很專業，整個競選團隊幾乎以她爲中心。

我偶而會追逐她的影子，不過我知道，我們距離太遠了，她已經是顆明星，而我離開始都還很遠呢！

在公司，她的柔媚不復存在，她展現的是一板一眼，是精明。是AB型加雙子座嗎？標準的雙重性格？

我是新人，沒有行政經驗，在她面前只有接令的份，這違反了我的大男人主義，所以在公司我都刻意的跟她保持距離。開會的時候，我總是坐在遠遠的一角。

今天也不例外。

「我剛得到一個消息。」蘇品璇顯得很興奮。

開會的時候，她很少一開始就發言，她喜歡讓別人先說，然後下評語，嚴然是個裁決者。

「一個記者告訴我，我們同選區的林竹山，有個兒子會對同學恐嚇取財，恐怕有前科了吧？這是個很好的打擊點，你想，一個兒子都管不好的人，他如何服務選區？」

「不好吧！」簡助理說：「這件事我也知道，不過——」

「知道為什麼不早說？你不曉得這消息對我們很重要嗎？」她顯得很不高興，「林立委的選票與我們同質性最高，是我們最激烈的競爭對手。」

「但是事發的時候，他兒子才國小五年級，根本還不懂事；而且那也是好幾年前的事了。」

「才五年級就敢做這種事，他這個爸爸是怎麼當的？這可是一條大新聞，你的消息正確嗎？」

「蘇小姐！」我忍不住了：「國小五年級還算是兒童，不要說不可能有前科，法律也禁止所有危害兒童的舉動，你冒然提出這件事，恐怕只會只會引起反效果。」

「為什麼？」

「現在這個社會誰家沒有問題兒童？本身沒有，親友也有。你把這件事情提出來，等於直接在攻擊小孩，他變成受害者，選民反而會同情他。」

「但是——」她不見得不明瞭我的分析，她只是還不習慣被糾正吧！

「我想小程說得有道理，這件事就不要再提了。」王立委不知道是什麼時候進來的，不過他的插嘴令蘇品璇更加沒面子，她不再說話，大家也不好意思再開口，一時氣氛顯得有些尷尬。

「走吧！大家太辛苦了，我請你們吃宵夜。」還是王立委先打破沉默。

一路上蘇品璇仍然顯得不太高興，她是當紅炸子雞，我想我得小心點過日子了。

我沒有後悔，大人的戰爭關小孩什麼事？那件事也許是他心口永遠的痛，他希望早就被塵封，我們卻要把它挖出來，讓他再受一次傷害！

從政的最初目的不是爲了掌聲，爲了替國家做一點事嗎？如果爲了達到目的，需要去傷害一個無辜的人，那麼無論有多少掌聲，都將無法彌補曾犯的過錯，那麼一切還有何意義？

＊＊＊＊＊

赴宴會的時候，我就提醒自己，不能喝多了。

雖然我醉酒的時候不像鄭進風，會吟詩唱詞，可是我會以爲我是邊城浪子，或是劍俠唐璜，我會比較慷慨激昂，我會比較像另一個自己！

但是該敬的人實在太多了，蘇董領著我一桌又一桌，張議員不能隨意，邱里長也要乾杯……呃！想要從政第一個要訓練的，大概是酒量吧！

那位林立委也來了，王立委嫁女兒，誰不捧場呢？

他們見面的時候，寒暄如故，彷彿好久不見的老友。眞是西線無戰事，不知東岸戰火正蔓延呢！

蘇品璇不愧是蘇品璇，亮麗而搶眼，連新娘子的風采都被她搶光了。

當我終於可以坐回我的座位上時，我已經月朦朧鳥朦朧，不知今夕是何夕！

蘇品璇替我盛了一碗熱湯，又跟服務生要了一條冰毛巾，「先喝湯吧，解解酒，可別再喝了。」

我眞是受寵若驚，看來我的好運氣還是一直跟著我的。

不過我實在有些醉了，直到宴席散了，還無法打起精神。

「我送你回去吧！你這樣子不行騎機車。」她說，她的眼睛水汪汪的，有如盛了一整杯酒在裡面。

她好像也醉了，因爲她沒有送我回去，她將我載回她的住處。

好大一層樓只有她一個人住，裝潢得高雅精緻，眞是個標準的單身貴族。

「爲什麼獨居？」

「我二十七歲了，應該有自己的生活空間。」她打開冰箱，「想喝點什麼？酒？還是別的？」

「別的好了。」我的酒意還濃，經不起喝了。

「別的也是酒，其他的飲料都喝光了。」她笑笑拿出一瓶啤酒：「將就一點吧！」

我打開啤酒喝了一口，竟有些反胃，我乾嘔著。

她忙倒給我一杯熱茶，又擰了一條毛巾幫我擦拭額頭的汗。

我斜躺著，聞著她身上傳來的陣陣香水味，那是一種熟悉的檀香味，像徐徐身上的一樣。我忘情的伸出手，卻打翻了那罐啤酒，淋了她一身。

「你先躺著，我去把衣服換掉。」她將毛巾放在我額頭上，然後走進房間。

我繼續躺著，我的腦子有些空白，也許我在期待什麼，我只是不讓自己深思。

然後她走了出來。

她大概洗過澡了，我曾聽到浴室傳來的響聲，她的身上還留著殘餘的水珠，那水珠在她薄紗蕾絲睡衣的襯托下，像一顆顆閃亮的鑽石。

我有些迷惑，她不知道我是個正常的男人嗎？正常的男人就會有正常的反應，我感到口乾舌燥，我的酒意已醒了大半。

她慢慢走向我，像徐徐那次一樣，所不同的是徐徐純潔端凝，而她卻是風情萬種！

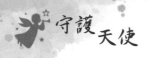

她熟練的替我除掉衣服，將整個臉埋在我胸前，她的手伸向我已經立正敬禮的部位……

我無法再假裝冷靜，我們滾倒在地毯上，我褪下她的睡衣，解除她女強人的面具，讓她變成一個完全的女人！

在我進入她的時候，她忘情的叫著，她的臉與胸部一片潮紅，某部位的收縮讓我知道她的高潮已經來到，我們同時達到極樂的境地。

她是第一個毫不掩飾情慾的女人，而我第一次知道女人的高潮才是男人完全征服的詮釋，這讓我產生了虛榮的滿足感，就是這滿足感令我願意壓抑自己的衝動儘量配合她、等待她，同時昇華。

我當然不是她的第一次，她那麼盡情的享受她的歡愉，我了解自己也許只是她第N個男人。

不過我希望我成爲她最後一個男人，我不是一向心想事成的嗎？她雖然是個瑕疵品，但至少是個高檔的瑕疵品！

宿醉的關係，早上醒來時我頭痛欲裂，我打了電話去請假。

電話是她接聽的，語氣冷淡得出奇。我不是已經成了她的入幕之賓嗎？怎麼還是像以前一樣，官腔十足？

昨夜的一切好像只是一場夢！

我有些納悶，也許她只是不想讓別人知道我們的事情，也許她只是不習慣我們的新關係吧！我期望她怎樣呢？馬上昭告天下嗎？

第二天我銷假上班，她仍舊冷冷淡淡的，我可有些掛不住臉了，她以為我是什麼應召男嗎？

所以我也開始冷著一張臉。

我們好些天都不交談，我一面懷念她的狂野熱情，一面告訴自己，不要對女人有太多期待，尤其是對不在乎你的女人。

「你跟蘇品璇怎麼了？」楊正文看出有些不對勁。

「沒怎麼呀！」

「不對，我發現你們從不交談。你一向很健談的，尤其是面對美女時。」

「哼，那是你的偏見。」

「不管是不是偏見，你還是——」他頓了頓，才壓低聲音：「她其實是王立委的親密戰友，很多事她說了算。」

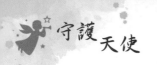

我的嘴巴像吞了一顆鵝蛋，我以爲女人只有爲愛情或金錢才會獻出自己，她跟王正平，是爲了什麼呢？

「爲什麼？她不可能是爲了錢，而王立委外貌也不出眾。」

「也許是因爲王立委可以助她踏入政壇，也許是因爲王立委的地位象徵一種權力，每個人要的都不一樣，誰知道她爲了什麼。」

「也許也因爲只有王立委敢上她，像她那樣一個富有而貌美的女人，一向養尊處優，高高在上，彷彿不可侵犯。」

我想起她醉後的主動挑逗，又想起她在公司的道貌岸然，「人在高處不勝寒，沒人敢招惹她，王立委就成了她解除寂寞的唯一選擇。」

「別把她說成一個好色女，她雖不是我的親表姊，可也是我的表表姊，雖然一表三千里，但總還算沾親帶故的。」

我搖搖頭，心情有點落寞。

我不是一向喜歡不做承諾的性關係嗎？現在讓我如願了，我竟不怎麼開心，男人！你的名字才該叫虛榮！

晚上，徐徐又來了，我抱著她心裡有些慚愧，並不像從前那樣毛手毛腳。

「你怎麼了？」她有些詫異。

「有一天如果我離開了你，你會因爲寂寞而找別的男人嗎？」

「你爲什麼要離開我？」

「只是一個假設，你會嗎？」

「當然不會，你是我的唯一」

她很肯定，我想也是。

世界上就是有一種人，朋馳不開，寧願搭公共汽車，有時候半價買到站票，還沾沾自喜，以爲占到了便宜！

我抱著我的朋馳，心裡卻還有些懷念那輛激情奔放的公共汽車，我！眞是賤哪！

第十二章

七點半的時候，我才換好衣服打算出門。今天又是徐徐的環保日，我們只好看八點的電影。

臨出門的時候，電話響了。

是蘇品璇！

「你可以來我這裡一趟嗎？」她的聲音嗲嗲的，是否那個熱情的她又出現了？

「有什麼事嗎？」

「我想見你。」

「我約了朋友看電影。」

「取消它！」她一慣的強勢。

「我約的是我的女朋友。」我調高姿態，越驕傲的女人，你越不能讓她占上風！

「但是我好想見你，你不想見我嗎？」她改爲軟語相求。

「我們今天剛見過面，而且我們是天天見面。」

「那不一樣，在公司裡人前人後，我們總得保持距離，現在下了班，是我們自己的時間，我們愛怎樣就怎樣，誰也管不著。」

她的話真讓人有想像的空間，我有些蠢蠢欲動了，我想起她的曼妙惹火的胴體，想起她的銷魂蝕骨的呻吟……

「我在家等你，別讓我等太久。」

她掛了電話，我卻仍握著聽筒掙扎。我該回絕的，可是心底被挑起的渴望戰勝了我的理智，所以我終於還是捨了我的朋馳，趕著去搭公共汽車！

「你比我預期的還快。」關了門她馬上給我一個熱吻。

原來她喝了酒，香水味並沒有把她的酒味全部遮掩。

「洗過澡了？」我把臉移到她頸部，然後是她豐滿的乳房。

隔著薄紗睡衣，我可以感覺到她輕微的心跳聲。

「怎麼跟女朋友說的？」她順勢坐到沙發上，將手勾到我頸後。

「我說上司臨時有事交辦。」我扯開她的睡衣，赤裸的她更顯得嬌媚。

「你並沒有說謊啊！」她咯咯嬌笑著，情慾高漲的她一點也看不出高高在上的樣

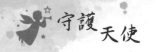

子！

女人跟男人一樣，脫了衣服，蓋住臉，你就分辨不出誰是誰。穿上衣服，她也許是醫生、是經理、是女主管，脫了衣服她就只是一個女人！

「你愛你的女朋友嗎？」事後，她突然問。

我點燃一根煙，把煙霧噴在她臉上：「你在意嗎？」

「不！」她翻起身開始穿衣服。「我希望我們只維持這種關係，沒有瓜葛，也不必承諾。」

我縱聲大笑，終於有一個女人對我說出這種話，我一直以爲這句話是我的專利！

「你在笑什麼？」她有些不悅，顯然那個高高在上的女強人又回來了。

「我本來就不預備跟你有任何瓜葛，我們只是互取所需。」

我是故意損她，我喜歡損翻臉像翻書的女人。

她的臉色變了變，語氣倒是柔和：「我是爲你好，你前程似錦，等你退伍回來，我早已老女人一個。」

我眞希望在她的臉上看到如她的話語一樣的謙虛，不過她的謙虛一定跟我的日行一善的美德一樣，懶散而頹廢。

所以結論是我並不相信她的話！

果然，星期一上班，她的權威與優越感又回來了！

絲質襯衫下的她，果眞像個完美的女主管，而我又變回生澀的社會新鮮人。

我們開始週而復始玩雙重角色的遊戲！

我原以爲只有男人會爲性而性，其實女人亦然，我覺得自己很像蘇品璇的應召男，她有需要的時候才找我，所不同的是我沒有服務費可拿，這比眞正的應召男好些呢，還是更糟？

明天又是週末了，如果我偶而拿翹呢？會不會改變我在她心中的地位？

正當我還打不定主意是否晚上去陪徐徐時，她竟不告而來。

她穿一件淡紫色的及膝洋裝，襯托出她的膚色更加白皙粉嫩，窈窕的身影有些弱不禁風，蒼白的臉眉頭輕皺，看起來就像一朵空谷幽蘭。

同事們都看得有些呆了，張大偉連忙趨前：「小姐，請問有什麼事？」

「我——我找——」她的眼睛四處搜尋，然後看到我，我也正站起來：「小張，她是找我的。」

「你怎麼來了？」我走向她低聲問，她第一次來我上班的地方。

「劉媽媽死了，後天是她的追思彌撒，我想來問你，你是否願意參加？」

她的眼眶微微泛紅。

「只是這樣？」我有些懷疑，她可以打電話，也可以到我的住處去，我的住處她有鑰匙的。

「我心情不好，而且——」她看一看四周：「我想知道，最近你爲什麼這麼忙。」她儘量放低聲音，但我覺得同事好像都尖起耳朵。

「你先到隔壁的咖啡館等我，或者——」我看一看牆上的鐘：「你等我一下，我去請個假，反正快下班了。」

沒等我有動作，蘇品璇正走出她的辦公室。

「蘇小姐，我想請一個鐘頭的假。」

「有事嗎？」她問我，眼睛卻盯著徐徐。

「是的。」我也看著徐徐，她今天眞是特別漂亮，給我掙足了面子。

蘇品璇點點頭，自顧走往盥洗室，我收拾好桌上的物品，我刻意拖延了一點時間，當蘇品璇走出來時，我正巧擁著徐徐離開。

「你那個女上司好美。」

「你也很美啊？沒看到我的同事都看呆了。」

「他們只是好奇吧！也許你都標榜自己沒有女朋友呢！」

「那麼你一來，不就都拆穿了？」我吻了吻她的髮絲：「走吧，我們去吃個飯，然後到你那兒，我好久沒看到披薩了。」

我留在她哪裡過夜，她整夜抱著我，她有預感會失去我嗎？早上醒來的時候，我並沒有睡在床中間，但是我依然可以選擇在那一邊下床，因爲徐徐早已先起床，而我無論從那一邊下床，都一定可以吃到她爲我準備的早餐。禮拜六我沒有回去，我陪她一整天，我們去看電影，去看畫展，還去逛夜市，然後回到她的住處，然後我們又過了一個無性的純潔的夜晚！

不同於蘇品璇的放肆，徐徐是羞澀的，她從不曾在情愛中表現激情，她總是默默的承受。但從她緊閉著的眼睛裡，從她全身抖嗦緊咬下唇裡，我卻感受到比蘇品璇更緊密的愛。只不過我開始有些迷惘，有些不明白，我不知道我最想要的，是那一種親密關係。

第二天我陪徐徐去參加劉太太的追思彌撒。

「……我雖走過死蔭的幽谷，也不怕遭害，因爲你與我同在。你的杖、你的竿、都安慰我……你用油膏了我的頭，使我的福杯滿溢……」

全場一片哀思，我回想著劉太太說過的話：讓我做一個沒有痛苦的死者！是的，既不知痛苦，何來害怕？那麼她的福杯滿溢，恐怕也是給生者的安慰詞吧！是活著的人在痛苦，當然也是活著的人在感受！

徐徐全程都哀傷的沉默著。

「不要太難過，你已經做得夠多了。」我找話安慰她。

「不，我突然覺得我只是在向上帝交差。我以爲自己慷慨而慈愛，而事實上做慈善事業或幫助別人並不一定就是愛，如果我只是簡單的付出，而沒有心靈相通，沒有站在對方的立場設想事情，我怎麼自認爲自己慈愛，怎麼自認爲自己做得夠好呢？」

「你不是上帝，如果你已經盡力，你又何必在乎你付出多少？」

「……」徐徐欲言又止，顯然她不贊同我的話，又不想反駁我。

回到住處，還沒坐下，電話就響了。

「你總算回來了！」是蘇品璇。

「我去參加一個朋友的葬禮。」

「兩天都參加嗎？我禮拜六就找不到你了。」她的語氣跟平常不大一樣，好像有一點著急的模樣。

妒意似乎是很好的催化劑，可以讓感情很快發酵，你原先以爲不在意的，突然變得重要起來。

「你那麼急著找我，有重要的事嗎？」我明知故問。

「我——我想見你。」

「我很累了，明天還要上班。」這是我第一次推辭，她一定很不能接受。

「我不管，我一定要見你。」她明顯的著急：「是因爲那個女人嗎？她是不是還在你那裡？」

「她沒有在我這邊，不過我眞的累了，我兩個晚上都沒睡好。」

「聽著，你馬上過來，今天晚上，我一定要見你。」她很堅持。

我是眞的很累，不過我還是去了。

她幾乎是立刻開了門，我不禁懷疑她是否等在門邊。

一進門，她就緊抱住我，吻得我喘不過氣來。

然後是一連串的挑逗，她變得溫柔而體貼，像徐徐一樣。唉！徐徐……

我有幾秒鐘湧起歉意，但馬上被情慾的浪潮沖散了！

完事後，她一反常態，並不急著起身穿衣，反而將頭枕在我胸前，一面撫著我的面頰：「想買一輛車嗎？你天天騎著摩托車上下班，我覺得挺危險的。」

「我哪來的錢？我已經踏入社會了，總不能再像以前一樣當個伸手牌。」

「我可以先借你，慢慢由薪水裡扣。」

「扣到什麼時候？我隨時可能去當兵的。」

「如果你不想當兵，王立委有辦法幫你。」

哦？我有些心動，但是──「不！我不想做違法的事。」

「只是耍些伎倆，很多人都這麼做的。」

「我不知道，我只是覺得不妥，我認爲服兵役是一種義務。」

「好吧！但是當完兵呢？還想不想回來這邊工作？」

她是怎麼了？突然這麼關心我？

我奇怪的望著她。

「如果你不想朝政治發展，想不想自己開業？」她繼續問。

「一個新科律師，不會有多少顧客願意上門吧？」

「我可以幫你，等你服完兵役，也許我已經是個議員了。」

「我不靠女人！」我下意識說。

她有些愕然，我也被自己的話嚇了一跳。

我不靠女人？一直以來，我不都是在找一個可以少奮鬥二十年的女人嗎？

「要成爲一個成功的律師，靠的是自己，我只能當個推手，如果你是個膿包，我就算當總統，也沒辦法幫你。」

「那麼我先謝謝你，雖然那是以後的事。」我吻了吻她的額頭，然後拿起涼被蓋在她赤裸的身上。

「你要回去了嗎？」她抓住我的手。

「是啊！你不是總要求我回去的嗎？」

「我今天不想讓你回去。」

「你不怕我早上出去的時候被鄰居碰到嗎？」

「我——」她猶豫著，並不放手。

「別忘了，想當個市議員，形象可要注意的。而且，」我下床穿回我的衣褲：「我不希望早上起床的時候，只能選擇一邊下床。」

「你說什麼？」她聽不明白我的意思。

我揮揮手，不想多做解釋。

她又抓住我：「如果——我不要你再見她呢？」

「什麼？」

「我要你跟她分手，不要再見她。」

「爲什麼?」

「爲了我。」她的雙眼變得熱切。

「但是我以爲我們不要有糾葛，不必有任何承諾。」

「那是以前，現在我改變主意了。」

「是嗎?」我搖搖頭，我知道她只是忌妒，她只是無法忍受我有別的女人。

「我並沒有改變主意。」我告訴她。

「爲什麼?」

她很意外，一副無法相信的表情。

她以爲我該怎樣，爲她的示寵感激涕零?她不知道我的原則，我自己可清楚得很，我絕不會讓女人操縱我的生活，更不會讓她們以爲可以操縱!

我瀟灑的跟她道別，她愣愣的看著我，好像才第一次認識我!

我不再是蘇品璇的應召男，我們變得平起平坐。

在公司裡她雖沒有熱情如火，至少不再冷若冰霜，而週末相聚的時候，她則不再只是一個尋歡的女人，她且是一個戀愛小的女人。

另一方面競選活動正如火如荼的展開，各種邀約與活動排滿每日的行程，我跟著王正平踏遍選區;這邊的遊行要參加，那邊的抗議要支持，慈善活動別忘了露臉，那裡發生事故了，可別忘了關心，最好還能幫苦主舉行個記者會．．．。

我漸漸喜歡我的工作，我喜歡這工作帶給我的成就感，當記者的鎂光燈對著我時，我總是習慣性的擺出誠懇的笑臉。

我知道這才是我要的生活，多采多姿又絢麗燦爛！我幾乎可以看到掌聲與榮耀正在遠方等待迎接我！原來掌聲才是最容易上癮的毒品，當你習慣了它，從此踏上不歸路！

我實在太忙了，我漸漸忘了我的徐徐，還有我那單純的快樂。

＊＊＊＊

「我可以見見你嗎？」電話中的楊修萍聽來有些沮喪。

我們約在我住處附近的咖啡秀見面。

才一兩個月不見，她又消瘦不少。

「怎麼忽然想見我？」

「我明天就啟程到美國，我想以後能見面的機會就少了。」

「多讀點書，是好事情。」我只好說。

楊修萍不再說話，只是愣愣的看著我。

我也不知道要說什麼，只好端起咖啡喝了一大口。

咖啡秀裡客人並不多，幽柔的音樂彷彿也帶著離情，不知爲什麼我突然覺得感傷。

楊修萍環視一下四周，然後幽幽的說：「你會留我嗎？」

「什麼？」我一時聽不懂。

「如果你留我，我就不走。」她垂下頭，用手指在桌上畫圓圈。

「但是，這不是你早已經規劃好的嗎？」

「你不會留我，對不對？」她答非所問。

「我——」我不知道怎麼回答。

「我永遠沒有機會，對不對？」

這是她第二次問我對不對，但是顯然她並不眞想得到答案，沒等我回答她又繼續說：

「我就是不死心，我以爲總有一天你會忽然發現我的好。」

「緣份是一種奇妙的東西，無關乎你好不好，我只能說很多事情都是陰錯陽差。」

「我很傻，對不對？我明知道答案是什麼，還是忍不住期盼奇蹟。」

「我很抱歉。」

「不用抱歉，該道歉的是我，我在強人所難。但是如果我今天晚上沒有問清楚，我一輩子都會活在後悔中。」

「修萍，你是個很好的女孩，是我自己沒有福氣，我希望在遙遠的彼岸你會找到你的幸福。」這些話實在俗氣而客套到極點，但是我能怎麼說呢？反正怎麼說都是傷人的！

這一夜，我竟然首次嘗到失眠。

我不是遺憾，也不覺得可惜，我只是抱歉，非常非常的抱歉……

週末夜，蘇品璇竟沒有來電，習慣了她的召見，我不禁有些寂寞的感覺。

我突然強烈的想念徐徐，我有多久沒見她了？一個禮拜？不！兩個禮拜了，她的羞澀身影彷彿正從記憶的角落慢慢鮮明起來。

我決定去見她，也許禮拜天的早上還可以陪她上教堂！

冥冥中好像有一隻看不見的手，在安排這一切，就在我要出門時，電話鈴響了。我原本不想接聽的，我已經決定把這個週末留給徐徐。

但它一直頑固的響著，我只好拿起話筒。

「小程嗎？我是蘇立得，王立委的兒子出事了，現正在警察局，他怕引起記者注意，不方便出面，你陪我去一趟。」

出事了？才五專二年級，能出什麼事？總不會也是恐嚇取財吧？

匆匆趕到警察局，還是洩氣的發現記者大爺已經在恭候。

王逸文無精打采的坐在一張椅子上，額頭與臉頰有好幾處擦傷。

看到我們，他有一種鬆了一口氣的表情。

「怎麼回事？」蘇先生詢問旁邊的警員，一面躲開記者的鎂光燈。

「在街上打架，還亮出刀子，我們的巡邏車剛好經過。」

「有受傷嗎？」蘇先生緊張的問。

「沒有，如果有受傷，我們早送醫院了。」

「蘇先生，」分局長走出來拉開笑臉：「我一知道是王立委的公子，就吩咐他們不可以張揚，不知道是那個大嘴巴，把記者都招來了。」

「小姐，他還未成年，請不要照相。」蘇先生趕過去，推開一個女記者。

那個女記者我見過，挺眼熟的。

「刀子不是我的！」

一聲驚怯的聲音引起我們的注意，我這才發現旁邊還有一個驚惶的男孩。

他看來年紀更小，恐怕只有十五六歲。

「沒有問你話不要說。」一個警員順手給他一個巴掌。

男孩怒視著他，不敢再說話。

「那麼刀子是誰的？」一個男攝影師將攝影機的鏡頭對向他。

男孩的臉更顯驚惶了。

「剛才不是說過他們未成年，不要拍照嗎？」我一手推開攝影機。

「我們會做噴霧處理的。」男記者不滿的對著我。

「刀子眞的不是我拿的，是王逸文拿的。」男孩看著我，好像想搏得我的信任。

「你不可以胡說，我們爲什麼沒有看到他拿刀子。」先前的警察警告他。

「因爲他掉在地上了。」男孩繼續望著我，他的眼內有一層哀傷在擴散。

「可是我看見你拿了，你拿刀子做什麼，想殺人嗎？」

「是啊！」記者瞄了我一眼：「你們爲什麼打架？」

男孩垂下頭。

「他的家長呢？」我問警員。

「找不到，他說他媽媽在夜市擺地攤。」

「你爲什麼要殺人？」記者繼續問他。

「記者問你話爲什麼不回答？」警員又給他一巴掌。

「我——」

「你不必回答。」我有些憤怒，忍不住插嘴：「他還未成年，你們應該等他家長來的時候再問他話。」

所有的人都看著我，包括蘇先生。

「我們找不到他家長。」局長對我說，他一定奇怪我到底站在那一邊。

「既然沒有人受傷，我看就算了。」蘇先生想息事寧人。

「但是有兇器，萬一追究起來——」局長看一看眾家記者。

「刀子到底是誰拿的？」女記者蹲下去問他。

「眞的是王逸文拿的。」

「你不可以說謊，我明明看見刀子在你的手上。你趕快承認了，我們好結案。你放心，刀子雖是你拿的，但你還沒有行兇，不會有什麼罪的。」先前的警員再度說，他的眼睛望著蘇先生，有些巴結的意味。

男孩憤怒的看著他：「你到的時候我才撿起刀子，你還叫我不要撿。」

「我怎麼知道不是你掉的呢？」警員的臉有些泛紅。

我看著王逸文，自始至終他都沒有否認，反而是警員一再替他說話。

「旁邊的水果販子也有看到是他帶的刀。」男孩的聲音已含著哭腔。

我再也無法忍受：「這位阿ＳＩＲ的問案方式有些奇怪，爲什麼你問話只問一方，而且是沒有家長陪同的一方？」

這一下不但記者嘩然，連蘇先生也動氣了：「小程，我們也並不是王公子的家長。」

「好了！好了，你們具保領回吧！夜深了，等明天再說。」局長連忙打圓場。

「那他怎麼辦？」我指著那男孩。

「我們會再連絡他的家長，你放心，我們會秉公查辦。」局長特別加重秉公查辦那四個字。

蘇先生氣得臉都綠了。

「你自己搭車回去吧！我要先送他回去。」一出警局大門，他立卽說。

然後氣呼呼的帶著王逸文走了。

「程先生，」女記者走出來，將麥克風遞到我面前：「我們都知道當事人是王正平立委的公子，你剛剛的處理態度讓我們很驚訝，你不擔心王立委責怪你嗎？」

「王公子年紀尙輕，偶而年少輕狂誰沒有呢？而王立委爲人坦蕩公正，絕不偏袒，我剛剛正是受了他的指示。我相信如果他在場，一定比我更急切的關心另一個孩子。」

「謝謝你！以上是記者訪問……」

一輛計程車開過來，我連忙坐了進去，將記者的聲音拋在腦後。

車子剛開沒多久，我的電話就響了，是王立委。

「小程，你是什麼意思，想害我兒子坐牢嗎？」

「王立委，我們總不能隻手遮天，那孩子一再指證，又表示有其他證人，而令公子又沒有否認。」

「他也沒有承認啊！反正是各說各話，先瞞過再說。你不知道那些記者沒事只等著我們出糗嗎？」

「也不能我們說了算，萬一鬧開來更糟。每個記者都看到令公子一句辯解的話也沒有說。」

「他是小孩子，懂什麼厲害關係？連警員都替我說話，你反而吃裡扒外，你不想在這裡待下去了嗎？眞是豈有此理！」王立委氣沖沖的掛斷電話。

我意興闌珊的望向車窗外，車子正經過泰順街，我心裡一動。

「請在這裡停下。」我告訴司機。

蘇品璇就住在旁邊的巷子裡，吃了王立委一頓排頭，我很想找個人聊聊。

我按了很久的門鈴，正想放棄，門呀的一聲開了。

蘇品璇披了一件睡袍來應門，看到是我，她有些驚慌。

「你怎麼來了？」她擋在門前，沒有讓路的意思。

「剛剛上警局去了。」我推開她，逕自走進去。

「我——我不大舒服，你回去吧！」她跟在我後面急急的說。

我看著她，她不大像生病的樣子，我有些狐疑。

客廳的茶几上有幾碟小菜，半瓶酒及兩個空杯子，人呢？

我望向臥室，她連忙擋在前面：「不是你想的那樣。」她說，臉色變得有些蒼白。

我不理會她，自顧走過去打開房門。

一個男人躺在床上，有些尷尬的望著我。

我認得他，他是××台的記者，跟徐徐一樣姓趙，我們見過好幾次面，他向來對王立委很友善，原來是有這一層關係在。

我輕輕關上房門，走回客廳。

「你聽我說，」蘇品璇壓低聲音：「媒體——媒體的配合是很重要的。有時候我也需要應酬，我，我總要對一些比較有影響力的記者示好，你了解我的意思嗎？」

「我不了解，」我搖搖頭：「但是我會接受。」

我走向門邊。

「你不要走！」她又擋在門前，只是這一次是不讓我出去。

「你以爲趙先生喜歡三人行嗎？」我推開她。

「他就要走了。」她輕聲喊。

「如果你覺得寂寞，就把他留下。」

我頭也不回。

很奇怪我並不特別難過，我只是感到難堪。雖然我早有預感她有其他的男人，但遽然見到了，仍是覺得自尊受傷。

我無法想像我怎能跟他蓋同一條涼被，怎能跟他共用一個女人，且見了面還能泰然自若？

我沒有我想像中瀟灑，我只是自以爲瀟灑！

幸好我也沒有我想像中愛她，我只是有些迷戀，我只是被誘惑，又不甘心不被重視。

我也終於了解到我並不眞的適合從政，在投入以前，我並不知道會失去什麼，人性？尊嚴？還是理想！我臉皮不夠厚，內心不夠權謀，我連一個小孩都無法傷害，更別說要成爲國家的亂源。

我曾對那些學子說過什麼？政治不是只有選票，政治須對歷史負責？政治是永續經營，政治要擇善固執！

有一陣子我幾乎要以爲政治眞的可以成爲藝術，我以爲掌聲與榮耀是政治的附加價值。

但是掌聲與榮耀只是虛幻的想像，蓋棺論定後，你才會發現你曾錯過了什麼。
於是我直奔向我的徐徐，把她當成我的避風港。

第十三章

星期一，一進辦公室我就遞出辭呈。

「小程，星期六晚上我說的只是氣話，怎麼放在心上了。」王立委說得很誠懇，我有些懷疑我是不是聽錯了。

「是啊！」蘇先生接著說：「那個記者的訪問你說得很得體，對方家長很感動，還主動跟我們道歉呢。」

「你看看錄影帶吧！」王立委打開電視，蘇先生連忙倒帶。

是昨天的新聞，畫面上那個女記者正侃侃而談：「……以上是記者訪問程克南先生的對話。由程先生的言談，我們可以了解到王立委是個多麼公正，多麼愛護選民的人，也期望王公子在他的薰陶下能成大器……」

「拿回去吧，遞什麼辭呈，我正想重用你呢！」王立委把辭呈拿還我。

「我看那個女記者對小程印象很好，也許可以好好的合作。」蘇先生滿意的微笑著。我想起他怒沖沖離去的模樣，在他們眼中也許只有成敗，並沒有對錯吧！我覺得我的理想與尊嚴正在他們的微笑中一點一滴的流失。

「我恐怕無法再效勞，我服兵役的通知單來了。」我找了一個藉口。

「怎麼可能這麼快？」

「如果你不想入伍，我可以幫忙，我有個朋友……」王立委罕見的熱心。

「不要。」我立刻回絕：「我不想錯過磨練的機會。」

「那——你就待到月底吧，等你退伍的時候可一定要回來。」

「謝謝王立委，只怕那時候你已經有新的人才。」

「好的人才永遠不嫌多，是不是？」

「是啊！是啊！哈、哈、哈……」

在笑聲中我退了出來。

「眞不想待了？」楊正文充滿疑惑：「不是慰留你了嗎？」

「道不同，不相爲謀。」我低聲說。

「剛剛蘇品璇特地出來要我一定把你留下，老兄，我想她是眞的很器重你。」

我聳聳肩，我無法告訴他我們的關係，只能打迷糊仗。

「你跟蘇品璇有些什麼，對不對？」楊正文比我想像中聰明。

「你的什麼是什麼？」我繼續裝迷糊。

「她對你很另眼相看的。」他深思的看著我：「你是因為她才想離開的吧？」

「我絕不會為了女人耽誤前程，女人與事業是兩碼子事，不管我是否跟她有瓜葛，我絕不會為她離開或留下。」

這是真心話，這個世界上還沒有任何女人可以讓我放下一切。

「那你為什麼說謊，你的兵期明明還沒到。」

「我覺得我對政治的認知與事實有很大的距離，越投入，我的認同感越差，我想，我是不適合政治的。」

「是嗎？」他攤攤手：「我從來不知道我適合什麼，我只是去習慣，你該試試看，習慣是會成自然的。」

晚上再度與楊正文碰面。

電話中他唉聲歎氣，見了面更是形容枯槁。

「怎麼，還不死心？這一次是誰的說客？」我很詫異，我的離開不會帶給他這麼大的影響吧！

「我跟映慈分手了！」他有如投下一顆震撼彈。

「不會吧，爲什麼？」

「她說我對她太好，這樣她的壓力很大。」他狠狠地搥一下桌子，整個桌面都震動起來：「這是什麼屁話！」

我不想安慰他，我想起徐徐的話：連安慰都是多餘的。

雖然情境不同，畢竟痛苦就是痛苦，除非你自己感受，否則你永遠無法體會有多深，有多沉！

「也許她有不得已的苦衷。」誰都聽得出來我的言不由衷。

「苦衷只是藉口，你以爲現在是五十年代嗎？」楊正文冷笑：「還有父母之命？媒妁之言？」

「那麼你希望她告訴你什麼？她愛上別人嗎？實話挺傷人的。」

「承諾眞的沒有意義嗎？難怪你不肯給女人承諾。」他將手蓋在臉上：「我但願我沒有付出那麼多。」

「承諾不是沒有意義，只是大家都太輕易承諾了。」

「我很難過。」楊正文放開手，聲音哽咽：「眞好笑，上個禮拜我才跟他求婚。」

「她答應了嗎？」

「她說她需要考慮。我竟一點都沒有察覺異樣。」他又用手矇住臉：「女人眞可怕。」

「都一樣。」我拍拍他的肩膀：「男女都一樣，感情是很奇妙的東西，並不是單方面堅持就可以一直擁有。」

「爲什麼你總是能這麼瀟灑？當初映慈甩掉你的時候，你也一點都不難過。」

「我不是瀟灑，我只是不把愛情擺在第一位。」

「你不會笑話我吧，我搶了映慈，到頭來還是被她甩了。」

我搖頭，我不想告訴他是我甩掉高映慈，如果我還有一點美德的話，就是我從不談論前女友的不是。

「愛情沒有絕對的對錯，當感覺沒有了，就是該結束的時候，無論是誰先提出來的，都一樣沒有贏家。」

我不知道楊正文是否聽進我的話，我並不擔心，我相信隔一段時間後他就會了解到失去愛情後，日子照樣可以過下去，也許他很快又可以展開新戀情，世界上沒有誰是不能替代的。

離職後，我開始思考我該走的路。

沒有豐厚的薪水，我當然付不起高貴的租金，我打算先找便宜一點的房子，如果找不到適合的工作，也許我就回家住些時候，我可以陪陪媽媽，她有好些時候沒看到我了。

門鈴響了好一會，我才應門，是蘇品璇。

她有些憔悴，是爲了我嗎？絕不可能，楊修萍說過，政治才是她的男朋友。

「不請我進去嗎？」

「裡面很亂，我正在整理東西。」其實該整理的是我的心，我不想她再來吹皺一池春水。

「眞的要走？」她逕自推開門走進來。

「辭呈遞了，房子也退了，怎麼不走。」

「如果——我留你呢？」她坐在沙發上，姿態優雅的點燃一根煙，她在公共場所絕不抽煙。

「早走晚走，我反正要走的。」我在她旁邊坐下。

「你在生我的氣，對不對？」

「那我就是自討沒趣，我們早約定過，沒有瓜葛，不必承諾。」

「我喜歡你生我的氣，那表示你在乎我。」她把臉靠過來，擱在我肩上。

我輕輕推開她：「我沒有生你的氣，我只是意外，我以爲你同一段時間只需要一個男人。」

「我並不需要他，我說過我只是在應酬。你不知道政治人物也需要應酬嗎？」

「不需要你這種方式的應酬吧！」

「如果你不走，我答應你從此我的感情生活裡，不會再有第二個男人。」

她猛吸一口煙後說。

「那可是很大的犧牲。」我揶揄她，「你這是在做承諾嗎？」

「是的。」

「有一天你還是會後悔，你只是不習慣先被判出局，你以爲你要的是我，其實你要的是掌控，掌控我、掌控我們的感情。」

「我知道自己要的是什麼。」她去下皮包，抱住我。

我扳住她的頭：「饒了我吧！」

「你一點都不留戀嗎？」她固執的湊上嘴巴，一面緩緩的解開襯衫的鈕扣，然後是她的裙子……。

我有說過嗎？她是個最佳的床上伴侶！她征服男人最直接的方式，就是脫掉彼此的衣服，就是讓男人找回獸性忘了自己。

的迷思。

我也再次證明男人只要陷進女人的雙腿之間，就會忘了思考，忘了公共汽車與朋馳

「我們眞是天造地設的一對！」她離開我的身體後，滿足的把頭擱在我胸前說：

「跟我求婚！」

「什麼？」

「跟我求婚，現在！」

「然後呢？」我想她一定瘋了。

「我會答應你。」

「然後呢？」

「然後你回來工作吧！你會發現那裡有你需要的一切。」

「再然後呢？我們生一大堆孩子，然後在一個敗選的夜晚，坐在客廳裡數落彼此的不是！」

「我不想生一大堆孩子，我只想跟你共同翺翔政壇。」

「我想我並不適合從政。」

「誰適合呢？一開始的時候，你會發現跟你原先的理想有很大的距離，但是你會慢慢習慣。你會開始喜歡說完話有人拍手，喜歡慢跑時有人拿著攝影機跟著，喜歡一抓到

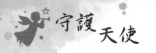

把柄或語病，就可以公然對公職人員任意攻擊謾罵，更喜歡手握預算大權倍受禮遇。」

「當然！當然！」我嘿嘿冷笑：「台灣的民意代表擁有全世界最佳的舞台與權限，選上個立委，就等於當上土皇帝。」

「如果你有滿腔怒意你更該從政，手握大權你更有能力改革，你可以選擇不當個政客，你不一定要同流合污。」

「你說得我幾乎心動了，不過聖經說如果你回頭，就會變成一根鹽柱。」

「你不是回頭，你是在往前走。」

前面有什麼呢？掌聲、榮耀與及高高在上的生活，前一陣子我不正汲汲營營在爭取嗎？我不是常沾沾自喜自己是鎂光燈下最上相的人嗎？當一切都快到手的時候，我爲什麼要放棄呢？

而她會是我在尋找的那顆大石頭嗎？

我是眞的被說動了！

＊＊＊＊

我又重新跟房東定了合約，我打算五號復職，王立委會先替我辦緩徵，然後申請免役。

我約了徐徐吃飯，我不打算告訴她我的決定，我只是會告訴她，這陣子我會很忙，可能我們會有一大段時間不能見面。也許她會慢慢習慣沒有我的生活，也許她會慢慢忘了我，也許她會再度因爲寂寞而接受李建仁，也許……

不知爲什麼，我在想著這些的時候，一點也不快樂。

六點半的時候我就等在餐廳門口，我看到她從對街慢慢走過來，她的優雅甜美的笑容一如往昔，我的心卻開始往下沉，彷彿有一條看不見的繩子，在拉扯著它。

一層薄霧在我眼底升起，我沒有看見那輛車是怎麼撞上她的，我只看見她躺在馬路上的樣子是那麼孤獨，那麼無助，又是那麼的惹人憐愛！

不知是誰好心報了警，救護車鳴著響笛很快趕到。

「讓開！讓開！」醫護人員迅速將她抬上車。

「她——她還活著嗎？」我抓住一個救護人員抖著聲音問。

「你是她的什麼人？」

「朋友，男朋友。」

「你跟我們一起去醫院吧！」

我跟他們上了救護車，一路上我緊緊握住她的手：不要死，求求你，不要死！我在心底狂喊！

她的手冷冰冰的，像在對我做無言的抗議！

「她胸腔只有輕微的內出血，我們已經做了處置，這方面沒有什麼大礙。不過我們懷疑她也顱內出血，我們做過電腦斷層檢查，但沒什麼發現，如果有顱內出血，慢慢血塊就會凝結，我們還需要觀察幾天。」醫生詳細的對趕來的趙伯伯解說。

「你說的顱內出血，是因爲她有腦震盪嗎？」我問。

「當然，這是一般車禍最常發生的狀況，也是最致命的傷害。」

「她什麼時候可以醒過來？」趙媽媽含著淚水。

「照理說她現在應該醒過來，我也不知道爲什麼，她的昏迷指數一直是四。」

「她會——就這樣一直昏迷不醒嗎？」這是我最擔心的。

「如果她顱內出血嚴重，我們就需要動手術清除血塊，不過這是最不樂觀的假設，目前沒有這種跡象，她應該很快醒過來的。」

她並沒有醒過來，三天了，她的昏迷指數仍是四，她的生命跡象正在慢慢消失，她的心跳緩慢、脈搏減弱，血壓降低，體溫也持續下降。她又做了電腦斷層，並沒有阻塞的血塊，醫生找不出她惡化的原因，她就是持續昏迷著，好像是有人將她生命的電源關了起來。

我與趙媽媽整日守在醫院裡，等著醫生來巡病房，等著護士來打針，等著她醒過來！

就這樣，又過了三天。她仍然沒有什麼變化，她的血壓與體溫雖不再降低，但仍然維持在最低標準以下。

她被移出加護病房，主治醫師告訴我們：「也許她會繼續這樣下去，你們要有心裡準備。」

「你是說她會變成植物人，是嗎？」我的心跌到谷底。

「是的，不過這是最壞的打算。」

「最好的呢？最好的打算是什麼？」

「當然是她忽然醒過來，就像睡了一個長覺。」

會嗎？她會忽然醒過來嗎？我轉頭望著她蒼白的臉，我看不到一點生機，彷彿她打算這樣一直睡著，有時候她是很固執的，我知道！

「克南，你回去吧，不是要上班嗎？」這些天，趙媽媽變得跟我很親近。

我搖搖頭，我根本都忘了要跟蘇品璇連絡，更別說上班。

「至少回去洗個澡，刮刮鬍子，休息一下，你這個樣子走在街上，恐怕沒有人認得出你。」

我摸摸鬍渣，也許我眞該回去刮刮鬍子，否則徐徐醒過來，怎麼認得出我呢？

走出醫院，我才知道自己有多累，這六天來，我就像一具行屍走肉，我沒有辦法思想，我甚至無法傷心，我只是不斷告訴自己，這是上天在懲罰我，懲罰我的貪心，懲罰我的朝三暮四，懲罰我的始亂終棄！

當她這樣子躺在病床上，我才知道我是多麼的愛她！

我能那麼瀟灑，是因爲我從來不必擔心我會失去她，是因爲我知道無論我走得多遠，只要我回頭，她一定等在那裡。

我眞的想離開她嗎？我眞的想與蘇品璇共度白首嗎？

不！我只是想試一試不一樣的人生，我只是想嚐一嚐不一樣的女人，我心裡知道我終究會回頭。

我，只是犯賤！

回到住處，正好遇到要離開的楊正文。

「我正想離開，你的電話沒人接，大哥大也不通，連門都沒人應，怎麼回事，不是說好要回去上班嗎？」

「徐徐出車禍了。」

「徐徐？哦，你那個女朋友。很嚴重嗎？」

「一直昏迷不醒。進來吧！」我打開門，電話也正響了起來。

我知道一定是蘇品璇，沒幾個人會打電話給我。

「幫我接接吧，我累壞了。」我把自己拋在沙發上。

果然是蘇品璇，我向楊正文搖頭，示意我不想接聽。

他只好謊稱我在洗澡。

「你們絕不會沒有什麼，對不對？她每天都追問你的行蹤，甚至要我打電話到你家，再遲鈍的人，也會感覺出那是什麼信息。」

我懶得辯駁，索性閉上眼睛。

「去洗個澡刮刮鬍子吧，你看你像個鬼一樣。」

洗好澡出來，楊正文正獨自在喝啤酒。

沒等他開口，我立刻堵住他的嘴：「什麼都別問，我不想說話，喝完酒，你就走吧。」

楊正文聳聳肩，繼續喝酒。

我躺在床上，電話又響了。

我不想接聽，他也不接，就任它響著。

好不容易電話鈴聲終於停了，耳邊又另外響起熟悉的樂音，我跳了起來。

「怎麼了？」楊正文被我嚇了一跳。

「回收車！」我喊，連忙找鑰匙。

「回收車又怎麼樣？你要把自己回收嗎？」

「我要幫徐徐拿東西出去回收，她禮拜三出的車禍，屋裡一定有回收品。」

「學校附近不是禮拜五才有回收車嗎？今天是禮拜四耶！」

「是啊！」我頹喪的坐回沙發，「我忘了每個地方的回收時間不一樣。」

「我從沒有看你這麼失魂落魄過。」

「走吧！陪我去她的住處。」

「做什麼？她不是在醫院嗎？」

「我想去她那裡看看，順便整理她的回收品。」

我不知道我爲什麼要這麼做，以前我從不管這些的。而現在，我只想做些什麼事，能讓我感覺跟她比較親近的事。

大約十幾分鐘我們就到了她的住處，迎面的是柔和的小夜燈，我打開大燈，一切顯得那麼熟悉，又那麼陌生，只因爲少了她嗎？

「披薩！」我輕喊著，忽然想起牠已經被趙伯伯帶回高雄。

我有一種惶惶然的感覺，我覺得我像要窒息了。

「克南——」楊正文叫了一聲，像要說什麼又打住了。

我泡了兩杯咖啡，遞一杯給他。他拿起小湯匙正要攪拌——

「不要！」我按住他的手：「咖啡性活潑，你馬上攪動它，味道就會變酸了。」我下意識說出徐徐對我說過的話。

「你什麼時候這麼講究了？」楊正文揚揚眉毛。

我一點也不講究，我甚至從沒有自己泡過咖啡。以前，只要我踏進這個門，沙發一坐，就有人端茶遞水、泡咖啡，我只是理所當然的坐在那裡被伺候著，我……

「她對你很重要，是不是？」楊正文深深的看著我。

「是的。」這句話如果是以前問我，我一定回答我不知道，以前我確實不知道，人總是這樣，沒有失去，決不會察覺擁有時的珍貴，現在我知道了，但是——我的淚水終於淌了下來。

「克南！」

楊正文一定很震撼，他不了解我並不只是難過，我也後悔，一想到我正準備離開她，走向另外一個女人，我就無法原諒自己。

人們為什麼能做這種事？為了一個虛榮的目標，就可以拋棄你心靈裡最重要的東西！所以上帝懲罰我，讓我突然間明白什麼才是我的最愛，卻面臨失去？

回到我的小套房，我的電話又響了。

看來電顯示，我知道又是蘇品璇打來的，她從不會放棄她想追求的，她比我堅持多了。

鈴聲繼續響著，我在心底掙扎。

只要我拿起話筒，一個輝煌得多的生活在那兒等著我：聰明富有的妻子，閃爍的鎂光燈，讚賞的掌聲，少奮鬥的二十年。

我不知道別人會選擇什麼，我就是沒有辦法拿起那話筒。

我也知道也許從此我的生活只有等待跟回憶，而等待是痛苦的，回憶也是！

過了一個輾轉反側的夜晚，第二天一早，我獨自走向教堂。

教堂裡靜悄悄的，只有耶穌的畫像哀憐的看著我。

「我敬愛的神，您的虔誠的子民趙徐徐蒙難了，我不知道她的守護神為何離棄她，她沒有犯罪，她一直在遵守您的教誨。有罪的是我，您不是說過只要悔改，就得救贖，就得赦免嗎？我願意悔改，我願意犧牲一切換回她。讓我做她的守護神吧！我只要一輩子守護著她，我只要她能夠醒過來。」我雙手合十，誠心的禱告著。是我太愚鈍了嗎？我沒有感應到神的回應，我只察覺自己在做徒勞的努力。

「你放棄我，是因爲我本來就不是你的子民，但是如果你放棄她，那是因爲你無知，那是你的損失！」我憤懣的對祂喊：「你從來不會犯錯的嗎？你現在正在犯錯！」

離開教堂時，天空一片灰濛濛的，細小的雨絲不斷的飄落，那種惶惶然的感覺又襲擊著我，我不知道我還能做些什麼，回憶還是等待？兩者都是同樣的痛苦！

我騎著機車漫無目的的遊蕩，任那雨絲撒滿我的臉，模糊我的視線，遠遠的我看見那棵老榕樹，我繼續向前，突然一輛汽車擋在我與老榕樹之間……

第十四章

醒來時我正躺在老榕樹下，枝葉婆娑中，依稀聽到那達達馬蹄的美麗錯誤。她好像又坐在老榕樹下唸著鄭愁予的詩，當時我應該往前走的，如果我沒有停下腳步，如果我們不曾在這裡邂逅，如果我們從不相識，或永不分離……

「唉！」一聲深深的嘆息讓我從哀思中驚醒。

聲音是一個坐在樹幹上的男人發出的，他穿一件奇怪的白色罩衫，雙腳是赤裸的。我看不出他的年紀，他好像才二十幾歲，又好像已經四五十歲了。

我愣愣的看著他，他也跟我一樣有著傷心的事嗎？

「我是徐徐的守護神，你可以稱呼我N先生」他輕飄飄的跳了下來。

我不太懂他的意思，徐徐的守護神？那表示他不是凡人嗎？

「是的。」他說。

「什麼？」

「你不是認爲我不是凡人嗎？」

「但是我並沒有問出來。」

「我一樣聽得到。」他嚴肅的看著我：「我還聽得到你的傷心，你的後悔及你的憤怒。」

「那麼你聽得到我的責怪嗎？你爲什麼離棄徐徐，你不是該保護她的嗎？」

「那是天機，不是我能決定的。」

「誰在決定？上帝？基督？還是菩薩？」

「都一樣，你們稱呼祂們什麼，祂們就是什麼。」

「你在說什麼？」我一點也聽不明白。

「神，只是一個稱呼，祂是一種精神，一種意念，一種——無邊的智慧，你認爲祂是什麼，祂就是什麼，祂沒有一定的形體，祂只存在你的心中。」

「你呢？爲什麼你有形體，爲什麼我看得見你？」

「因爲我讓你看見，我讓你用你的想像看見我，而且我也不是神，我只是祂的使者，祂的僕人。」

「那麼我要見的是神，而不是你。」

「我知道你要的是什麼，你的禱告神聽見了，所以你才能見到我，所以你才有機會選擇。」

「你的意思是神願意讓徐徐甦醒過來？」

「神不做這種承諾，承諾的是你。」我又聽不明白了。

「你說你願意做她的守護神，保護她？」

「是的。」

「神認爲每個人都該有這種機會，選擇的機會；我來聽你再做一次愼重的選擇，記住，你沒有義務，如果你選擇走向輝煌的生活，沒有人會怪你。」

「如果我選擇做她的守護神，我會失去某些東西是不是？」我有些明白他的意思了：「所以我可以選擇，魚或熊掌，對不對？」

「是的。」他說，他的臉是憂傷的，或者說我看見的他是憂傷的，以我的想像看見的他。

「我會失去什麼？」

「你。」

「什麼？」我更不明白了。

「你失去的是你自己。」他拍拍我的肩胛：「孩子，守護神是沒有自己的，那是不一樣的生活方式，你甚至不能算是活著。」

「我寧願不要活著，沒有了她，我活著還有何意義。」

「那是你現在的想法，當日子一天一天的過去，你會忘了傷痛；如果她已經死了，你會慢慢忘記她。如果她只是一直像這樣躺著，你會開始希望過沒有她的生活。」

不！不！我不要忘了傷痛，我不要過沒有她的生活，我寧願痛苦的活著，也不要快樂的忘記她，我寧願沒有我自己，我決不要坐等那一天到來。

他又聽到我心底的聲音了，「你可以有三天的時間，這三天你將是她的守護天使，你可以完全感受你以後要過的是什麼樣的日子，第四天，如果你仍然願意堅持你的選擇，那麼你就可以做她眞正的守護天使。」

「現在我要怎麼做？」

「聽過瀕死復活的經驗嗎？」

「聽過，好像是人們在彌留時，會覺得靈魂經過一條黑暗的甬道，然後看見甬道的盡頭有一道光線，那光線讓你充滿祥和與愉悅的感覺，彷彿它可以引導你走向極樂的殿堂，你不知不覺會渴望走向那光處。」

「但是活回來的人，畢竟從沒有走過去，是不是？」

「這——我倒不知道。」

「活回來的人當然沒有一個眞的走到光線處，所以才能告訴世人他們的親身體驗。」

是啊！我想：如果他們死了，就沒有人能知道他們的靈魂會看見了什麼？

「其實那道光線不是要引導人們走向死亡，它是給你瞬間的清醒，這瞬間你會忽然想到你最愛的人，或你最想做，卻還沒有做完的事。你還會聽見親人在呼喚你，有些人會睜開眼睛看著他最心愛的人，這就是你們所謂的迴光返照。然後大部分的人都隨即死亡，只有極少的人會在見到光線後復活過來。但那瞬間給心靈的衝擊非常大，大部分的復活者會從此改變人生觀，改變生活態度。」

「你是在告訴我徐徐復活後，會改變人生觀嗎？」

「當然不是，我只是在告訴你有那道光線，當你看到那道光線後，不要回頭，要一直朝那光走去，然後你就會看到我。」

「我現在已經看到你了。」

「那不一樣，來，你先閉上眼睛。」他用手將我的眼睛蓋上：「朝前看，你是不是看到前面有一條像隧道一樣黝黑的甬道。」

「閉著眼睛我怎麼看得到？」我只感到眼前一片漆黑。

「可以的，用你的心。」他開始低聲喃喃唸著：「全能而慈悲的神，正引導你走向無憂的殿堂，你要先穿過死亡的幽谷，無視恐懼與誘惑。你要迎向神的光芒……」

他的手離開我的眼睛，我感覺不出我是睜開眼睛，還是閉著眼睛，我只看到我眼前果然有一條又長又黑的甬道，我想起聖經裡的話：我雖行過死蔭的幽谷，也不怕遭害，因爲你與我同在……

我走入那條甬道，我看見遠處幽微的光點慢慢的鮮明，而至一片明亮，我的心感到從未有的安祥。我愉悅的迎向那光芒……突然，我想起我的母親、我的父親，還有我辛苦得來的律師執照。

克南！克南！我好像聽到我的母親正在呼喚我，聲音焦灼而急促。我可以就這樣離去嗎？不理會我媽媽會多麼傷心？

我忽然想回頭。

「不要回頭，要一直朝那光走去。」

聲音不知是在我腦中還是耳邊響起，我下意識又走向那光芒。

然後我果然再度看見他，那個自稱是徐徐的守護神的人。

「來！」他向我招手：「從現在開始，你要習慣用意念控制你的行動。」

「怎麼控制？」

「我說過用意念。」他拉著我的手：「你告訴你自己，你要到徐徐那裡去。」

「我要到徐徐那裡去。」我對自己說，但是我半步也沒移動。

「不是用嘴說，你要用心想，像你剛剛通過那條幽谷一樣。」

我閉上眼睛，我想著徐徐，想著病床上她蒼白的臉……我看到她張開眼睛——我也張開我的眼睛，我果然看到她，我就在她的病床邊。她正張開眼睛環顧著四周。

「徐徐，你醒了？」趙媽媽歡喜的叫著，然後衝出房間：「醫師！醫師！」她大叫著。

「徐徐！」我也欣喜的叫著她，「徐徐！」

她繼續迷惘的望著四周，好像沒聽到我的叫聲。

趙媽媽帶著醫生走進病房。醫生翻翻她的眼瞼，又量一量她的脈搏，「拿血壓計來。」他轉頭吩咐護士。

「徐徐，你看得見媽媽嗎？」趙媽媽摸摸她的額頭。

徐徐瞧著她，神情有些奇怪。我突然感到心頭一涼，我想到「回光反照」那四個字，她此刻不會是迴光返照吧！

「趙小姐，你是清醒著的嗎？」醫師不太有把握的問。

「你倒是說話呀！」趙媽媽急了。

「你認得我嗎？徐徐！」我也急。

「媽，我爲什麼會在這裡？」她終於開口了，所有人都鬆了一口氣。

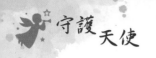

「你出車禍了。」我連忙說。

「你出車禍了。」趙媽媽也說：「已經昏迷了好幾天，我擔心死了。」

「眞的？爲什麼我一點也不記得？我只是好像睡了一個長覺。」

「有沒有什麼地方不舒服？」我湊近一點問，她醒過來後看也沒看我一眼，我覺得很受冷落。

「趙小姐，有沒有覺得那裡不舒服？」醫生等護士量完血壓問。

「沒有。」她仍是看也不看我。她在生我的氣嗎？

「如果有什麼異狀，請你馬上通知護士。」

醫生跟護士走出去了，然後是趙媽媽。

「我要去打個電話給你爸爸，他一定擔心死了。」趙媽媽一面走，一面說。

房間只剩下我跟她，她閉上眼睛。

「徐徐，怎麼都不跟我說話？」我半蹲下去摸著她的臉頰。

她一點反應也沒有。我焦急的搖著她的身軀，「徐徐！徐徐！」

她睜開眼睛狐疑的轉動眼球，又閉上了。我正想再叫她——

「她聽不到的。」N先生不知道是什麼時候到的。

「但是她醒了。」我不解。

「這是承諾，你忘了？你當她的守護神，所以她醒了。」

「我當她的守護神，她因此看不見我？」

「是的，她看不見你，也聽不見你。」

「浮士德把靈魂賣給魔鬼，我則是把靈魂賣給神，是嗎？那一種比較划算？」我連連冷笑。

「是你懇求神的，而且你可以反悔。」

「如果我反悔，她會怎麼樣？死了？還是繼續無知覺的躺著？」

他不回答，只是看著我。

「如果我不知道結果，我怎麼選擇？」

「就像你選擇伴侶或工作一樣，你不知道結果，但是你還是得選擇。如果你知道結果，就不算是選擇。」

我顫抖的撫著她的手背：「她也感覺不到我的碰觸，對不對？」

「是的。」N先生同情的看著我：「我說過，你可以選擇。」

「她如果死了，或者成為植物人，她依舊看不見我，聽不見我，也感覺不到我。」我痛苦的想。

我放開我的手，然後我看見自己慢慢的飄離她，我在天花板上俯視著她，她依舊閉著眼睛。趙媽媽走進來，她的身後跟著一個男人，是李建仁。

「你還好嗎？」看到她睜開眼睛，他連忙趨前問。

她點點頭，甜甜的笑著。

「趙媽媽，讓我來照顧她，你到她住的地方休息吧，你已經好幾天沒有好好睡覺了。」

「那怎麼好意思。」

「沒關係，我喜歡照顧她。」

「唉！那就麻煩你了，我這把老骨頭也確實快散了。」

趙媽媽蹣跚的走了出去。

「徐徐！噢！徐徐！」李建仁坐到床邊的椅子上，雙手握住她的：「我擔心死了，我以爲你再也醒不過來了。」

「嚇到你了？」徐徐頑皮的看著他：「如果我醒不過來，你會怎麼樣？」

「我也不想活了，反正不管上天堂或下地獄我都跟著你。」

「那你豈不犧牲太大了。」

「誰叫我是你的男朋友呢？」

他是她的男朋友，那麼我是誰呢？

我憤怒的衝下去，想要打掉他握住她的手，但是我的手穿透而過，他們根本渾然不覺。他低下頭輕輕的吻著她的臉頰，她害羞的略轉開臉，他把她的臉轉過來，將自己的唇壓在她唇上……

「不！」我怒急而吼，她忘了我了嗎？他們不是早就沒在一起了嗎？她怎麼可以任憑他親近？

她愣了愣，突然推開他。

「怎麼了？」

「我好像聽見了什麼。」

「沒有吧！」他側耳傾聽。

「不知爲什麼，我的心有一種慌亂憂傷的感覺，好像我曾失去了什麼。」

「那是創傷後的後遺症吧，別擔心，過一陣子就好了。」

「是嗎？」她迷惘的望像窗外。

「等你畢了業，我們就結婚，好嗎？」

徐徐怔怔的看著他……

不！不！別答應，你說過一輩子跟定我的，你忘了嗎？我又狂喊。

「不！」

「什麼？」

「我是說我不知道，我從沒有想過這問題，也許，也許——」

「答應我好好考慮，好嗎？我等你考慮，這輩子我永遠等你點頭。」他深情款款的，我從沒有那樣子對她說過話，一次也沒有。

她感動的看著他，想要說什麼，又突然打住，隔了一會兒她才說：「我好累。」

「你好好休息吧，我就在你旁邊，需要什麼，就告訴我。」他拖出床下的家屬床，仰身躺在上面。

他們都閉上眼睛不再說話。

「徐徐！」我悄悄飄下來，輕撫著她的肩，我想起N先生說的，用意念！

「徐徐，你忘了我了嗎？如果你聽得到我，就睜開眼睛，好嗎？」

她突然睜開眼睛，環顧四周，有一陣子我以爲她聽到我了，但是她又閉上眼睛。

「沒有用的。」N先生對我說：「她不再記得你，你已經在她的腦中消失了。」

「爲什麼？」

「守護神不能跟凡人有私人感情糾葛，如果她記得你，惦念你，那麼她就可能感應到你的意念，那是不被允許的。」

「如果她不再記得我，那麼我的犧牲還有何意義？我又用什麼說服自己堅持下去。」

「你覺得那一種情況是你要的？她不再記得你，快樂的活著，還是不知道有你，無意識的躺著？或者她知道你爲她做的犧牲，因此傷心而痛苦的活著，那一種？那一種是你想要的？」

我啞口無言，那一種是我想要的？

我望著她，她的眉頭深鎖著，好像有什麼事情困擾著她，她眞的一點都不記得我嗎？那麼她爲什麼拒絕李建仁的求婚？

「因爲你還不是眞正的守護神，她偶而還會感應到你的意念。」N先生總是適時給我解答。

「爲什麼你總能知道我的心思？」

「我用心傾聽，試試看，你也可以。」

用心？

「是的，用你的心，你的意念，慢慢你就可以懂得駕馭它。」

我閉上眼睛，試著走入徐徐的心思，但是我一無所獲。我想她是睡著了，我望向遙遠的穹蒼，彷彿又看到那縷光芒，我的心感到一片祥和，我再次用心問自己，那一種是我要的？

我沒有答案。成爲她的守護神是由絕望產生的意念，就像一個溺水的人緊抓住浮木，我只是沒想到代價這麼高。

我以爲愛是占有，需要共鳴，是彼此渴望親密接觸的相互擁有，如果她不再記得有我，如果我從此不能擁有她，那麼這還算是愛嗎？

＊＊＊＊＊

徐徐第二天一早就出院了，李建仁伴著她離開。

我獨自守在另一個空間，看著她越走越遠，看著她走向屬於自己的生活。

我開始想回頭，我渴望她的生活裡有我——但是如果她無知的躺著，或悲慘的死去，也依然不會有我。

如果由她選擇，她會怎麼做？她會選擇無知的躺著，還是選擇失去我？

「抉擇是最痛苦的。」N先生又出現了：「記得你曾說過的一句話嗎？只有活著的人才會感到痛苦，如果你成爲眞正的守護神，如果你不再算活著，那麼你會慢慢淡忘痛苦。」

「她不再記得我的愛，我可以理解，但是她早就認識我的，她不再記得我這個人，

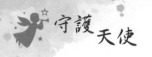

不是很奇怪嗎？而且，我的母親呢？她也不再記得我嗎？」

「沒有人會記得你，你不是死亡，你是消失，由這個世界消失，會有另一個孩子代替你，你就像從沒有在這個世界存在過。」

「這怎麼可能？我的同學，我的老師，還有蘇品璇……」

「孩子，那都變成南柯一夢！」

「我呢？我會淡忘我對她的愛嗎？」

「我不知道，我生來就是守護神，我從沒有愛過特定的人。」

「這是你的遺憾。」我看著他，沒有愛的世界是荒涼的，沒有愛的人也不能算活著！

「你可以選擇的，你不是我，」N先生微笑的對我說：「我從不認爲自己活著或死去。」

「你覺得你的生活有意義嗎？不會愛過，也不算活著！」

「我也從沒有想過這個問題，不過追逐名利，抱著會逐漸老去的女人，就算有意義嗎？到頭來還是白骨一堆，重入輪迴之苦。」

你不懂的，那才是身爲人的樂趣，可以愛，可以恨，可以痛苦，也可以喜悅！如果我不能在年老時數著她增生的白髮，如果我不能享受掌聲給我的喜悅，我將會多麼的不捨！

「我說過，你可以選擇。」這是他第四次提醒我，我知道我可以選擇，但是我寧願我不能選擇！

我漫無目的的飄向外面的世界。陽光正烈，夏日的風悶懨懨的，灰色的都市叢林嘈雜聲不斷，依舊車水馬龍，依舊熙往攘來。擦肩而過的人們，也依舊冷漠而急促。

我飄向競選總部，王立委正接受完訪問，一臉的義正詞嚴還沒褪盡，蘇品璇優雅的陪在他旁邊，趙姓記者身旁的攝影機始終盡職的對著她。

無論走到那裡，她就是永遠有辦法讓所有的眼光集中在她身上。

我飄向家鄉，爸爸正在田裡除草，媽媽坐在凳子上挑撿豆芽菜，安詳的臉沒有傷心的痕跡……

我發現沒有了我，馬路仍然塞車，打折的百貨公司仍然人潮洶湧，太陽仍然東起西落，世界也仍然照常運作。他們不知道我發生什麼事了嗎？

爲什麼沒有人在乎？我突然感到莫名的失落，一種深沉的痛苦跟著血液在體內流轉，原來被遺忘是這麼可怕的事，那種一無所有的孤單感覺，像疾病一樣癱瘓你的所有意念，我覺得我的勇氣正像冰塊一樣，在慢慢的融化！

第三天，整日徐徐都顯得心事重重，因爲李建仁又提結婚的事了。

他很急，因爲他的兵期到了。

「媽，我知道我應該答應他的，他是個好男人，勤勉、好學，最重要的是他很愛我，但是不知爲什麼，每當我想答應他的時候，我的內心就有一個細小的聲音在告訴我，不！」她停頓了一下，才又說：「昨夜睡夢中我看到一個陌生的男人，而我竟認爲我是屬於他的。」

「那是因爲你害怕，你還不想要他。也許你的潛意識中，總會以爲也許下一個男人會更好。」

「眞是這樣嗎？爲什麼那個夢中的男人，讓我覺得似曾相識，醒來後，我卻怎麼也想不起我曾見過他，我只感覺到我在等他，我愛的是他。」她對趙媽媽說。

「傻孩子，你就是太會胡思亂想了，沒有人會愛上不曾見過面的人。」

「我也許見過他，在前輩子的時候。」

「又說傻話了，沒有人會記得前輩子的事。」

徐徐迷惘的搖頭。

晚上，李建仁又來的時候，她仍是無法點頭。

「爲什麼，我們在一起三年多了，你總是讓我感覺若卽若離，我馬上要入伍當兵了，我需要一個肯定的答覆，我想知道我回來的時候，是不是還能看到你。」

「我沒有辦法，我——我不知道。」

「是因爲別的男人，是嗎？他是誰？」

徐徐搖頭——「也許我眞的是因爲別的男人，但是他是誰？」她內心想。

我突然感到驚異，我發現我竟能讀出徐徐的心思了！

「明天，我希望明天你能給我一個答覆，過了明天，我就不會再打擾你。」

李建仁走了。

哼！他不是這輩子都會等她點頭嗎？

徐徐側頭沉思。

「那是個好男孩，如果她錯過他，也許不會再有比他更好的男人了。」N先生輕聲說。

我不解的看著他，他希望怎樣？她答應他？

「我是說如果你選擇做她的守護神的話。」

「她就該嫁給他，對不對？」

N先生又是那種憂傷的表情。

不要！我不要她嫁給別人，我只是無法忍受失去她，我願意做她的守護神，這並不表示我願意她投向別人的懷抱！我沒有這麼偉大！

我不是來自書香門第的家庭，我更不是什麼革命先烈或愛國志士的子孫，我的父親是一個日出而作，日入而息的果農，我的母親只會洗衣燒飯，我兩個哥哥甚至連高職都沒唸，我的血液沒有流著比別人更高貴的情操；我認眞唸書，力爭上游，是因爲我想令人刮目相看，是因爲我想給自己更好的人生，拯救世界或犧牲自我從來不是我的職志。

我一輩子都爲自己而活，都只爲自己打算，突然間我要選擇我是否願意爲愛犧牲，突然間我要違背我對自己的承諾！

如果是她，她究竟會怎麼選擇？她會願意歡喜的看著我抱著別的女人嗎？是她引導我認同宗教，是她讓我懂得憐恤別人，是她讓我想要日行一善！然後她眼睛一閉，留下我接受痛苦的試煉！

「明天你也要做選擇。」N先生提醒我。

我飄回天花板上，望著慢慢沉睡的徐徐。

她的臉不再蒼白，細緻的五官有些憂鬱，長睫毛盡職的護衛著雙眼，她的雙峰隨著鼻息輕微起伏……我癡癡的看著她，我但願我能一輩子都這樣看著她。

第十五章

天快亮了！周圍漸漸有吵雜的人聲，我看見暮色一點一點的消失，遠處的天邊慢慢透著微藍，流浪的雲又四處漂蕩。

我又望著我的徐徐，等著她甦醒，我希望她來得及看見朝陽前的那抹微藍，感受它的澄淨、清明，不帶一點人間煙火。

有人打開房門，是護士！我驀然意識到她又躺在病床上，趙媽媽躺在旁邊的家屬床上，睡得正熟。

我看看四周，嚴然是剛出事時的樣子，我們是什麼時候又回到醫院的？

我駭然的望著N先生。他又憂傷的望著我。

護士量著她的體溫及脈搏……

「趙太太！趙太太！你醒醒，你女兒好像不行了，我量不到她的脈搏。」

護士慌亂的喊，然後急匆匆的跑出去。

「徐徐！徐徐！」趙媽媽搖晃著她，淚水灑了滿臉。

值班醫生跑進來，「快！推急救車過來。」

他們七手八腳的推著她，她的臉沒有半點血色，她的眼睛卻在這個時候睜開了。

「迴光返照」！我想起這四個字的意義，她看見了那道光了嗎？她是否正聽見我的呼喚？她是否想回頭？……一種錐心之痛襲擊著我，我知道我就要失去她了，我想起了她的微笑，她的固執，她的輕愁，我也想起很久以前，她羞澀的走向我……

「不！我願意做她的守護神，」我拉住N先生的手：「你說過我可以選擇，我選擇做她的守護神，我寧願她投向別人的懷抱，我寧願她的記憶裡不再有我！」

我貪婪的望著周遭的一切，然後我緊緊的望著我的徐徐，她的無力的眼神彷彿也正望向我。

如果我知道有一天我會失去她，如果我知道有一天我會面臨選擇，那麼我會知道珍惜，我會對我擁有的心存感激。

但是人生只有一次機會，走過的光陰絕不會回頭，無論我們多麼懊悔或不捨，我們都無法重來一遍！

人們總是忽略傾聽自己心底的聲音，總是不能適時的發現自己最想要的是什麼，我們很容易迷失在自己以爲看到的海市蜃樓，而忽略了旁邊眞實的綠洲。

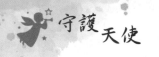

當你失去了，你才發現失去的是你的最愛！

現在我知道我最愛的是什麼，我僅有一次的機會把握，雖然屬於我的一切都會因此消失……

＊＊＊＊

我好像在天上翺翔著，又好像在水裡漂浮著，那種虛無縹緲的感覺幾乎讓我全身的血液凝固在一起。

我又看見那道白光，我開始感到祥和與嚮往，我毫不遲疑的往前走去——

「克南！克南！」

有人在叫我，是媽媽，還是徐徐？往事開始一幕幕在我眼前一閃而過……

我驀然回首——

我看見了媽媽、爸爸、徐徐、趙媽媽還有醫生、護士。

「終於醒了。」媽媽鬆了一口氣的聲音，徐徐撲在我身上哭泣著。

「我怎麼了？」我看著四周，我還是守護神嗎？

「你出車禍了，昏迷了三天，嚇死我們了。」爸爸也老淚縱橫。

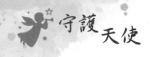

「不是徐徐出車禍嗎？怎麼又變成我了。」

「徐徐出車禍躺了六天，又換你出車禍，眞是禍不單行。」趙媽媽啞著嗓子。

「我躺了三天？」我喃喃自語。

「不要再嚇我，好不好？」徐徐仍哭得肝腸寸斷。

我摸著她顫動的髮絲感到一陣鼻酸。那麼沒有選擇，沒有守護神，是嗎？或者有呢？

我望向天花板想找尋眞相。

一切只是南柯一夢，還是那三天是上帝對我的試煉？

夜裡，只有我跟徐徐相擁而坐。

「當我醒來時，發現你不在我身邊，我發覺我根本無法忍受。」徐徐的眼裡還盛滿殘餘的恐懼。

我吻著她的髮絲。

「當媽媽說你是因爲連日照顧我，太累了，而發生了車禍，我更是痛不欲生。」徐徐緊緊抱著我，「克南，我知道你對我很重要，但是我不知道原來沒有你，我就再也不想活了。在你昏迷的時候，我告訴上帝，我願意用我的生命換取你的。」

一層薄霧遮住了我的視線，我又吻著她的髮絲。

「沒有你我絕對不願意單獨活著。」她加強語氣。

「傻瓜！」我哽著聲音：「傻瓜！」

「上帝聽到我的呼喚！」她固執的。

上帝也聽到我的呼喚！我在心裡說。

第二天我們兩個一起辦出院。

我沒有再回到事務所上班，我告訴蘇品璇我很抱歉。我眞的很抱歉，因爲我曾有的人生態度！因爲我的貪婪與愚蠢！

不知道爲什麼我一直沒有告訴徐徐關於守護神的事，我覺得那是我跟N先生的祕密，不管是眞實還是夢幻，我都感謝我有一個選擇的機會，一個選擇正確人生態度的機會！

我臂彎的女人不再來來去去，我偶而會想起蘇品璇，偶而還是會看看馬路上妖嬈愛嬌的女人，但我馬上會想起N先生，想起我的選擇……

國家圖書館出版品預行編目資料

守護天使 / 水筑著. -- 初版. -- 臺中市 : 白象文化事業有限公司, 2022.12
面； 公分

ISBN 978-626-7189-39-9(平裝)

863.57　　　　111015622

守護天使

作　　者　水筑
校　　對　水筑
發 行 人　張輝潭
出版發行　白象文化事業有限公司
412台中市大里區科技路1號8樓之2（台中軟體園區）
出版專線：（04）2496-5995　傳真：（04）2496-9901
401台中市東區和平街228巷44號（經銷部）
購書專線：（04）2220-8589　傳真：（04）2220-8505
專案主編　李婕
出版編印　林榮威、陳逸儒、黃麗穎、水邊、陳媁婷、李婕
設計創意　張禮南、何佳諠
經紀企劃　張輝潭、徐錦淳、廖書湘
經銷推廣　李莉吟、莊博亞、劉育姍、林政泓
行銷宣傳　黃姿虹、沈若瑜
營運管理　林金郎、曾千熏
印　　刷　基盛印刷工場
初版一刷　2022年12月
定　　價　250元